언제 어디서나
당신에게 닿기를.

조은정

미나의 시간

미나의 시간

조은정 소설집

문학애호가

"내가 없는 너의 인생은 어때?
네가 없는 나의 인생은 더 이상 생각하고 싶지 않네.
보고 싶어. 사랑해. 언제까지나."

차례

◇ 1부 너와의 시간

오늘의 종착지는 따뜻한 온기 ● 14

1인분의 사랑 ● 27

길고양이의 말을 알아들을 수 있다면 ● 32

수수께끼를 푸는 심정으로 ● 48

카프카의 시간 ● 58

이제는 안녕이라고 말해야겠어요 ● 72

새로운 신호를 감지했습니다 ● 90

너의 세계에서 여전히 ● 98

운명이 우연이라는 이름으로 두드렸다 ● 114

끝나지 않은 계절 속 우리는 ● 127

❖ 2부 우리가 처음 만난 순간을 기억해

같이 음악 들어주는 사람 ● 159

우리가 처음 만난 순간을 기억해 ● 164

29살의 겨울 ● 175

편지 ● 186

핑크색 양말 ● 197

그로부터 아주 먼 훗날 ● 208

모기 ● 214

안녕 ● 222

3부 바다

고양이 ○ 228

어떤, 진실 같은 것 ○ 240

파인애플 ○ 251

바다 Ⅰ ○ 258

바다 Ⅱ ○ 264

인스타그램 사진을 영화로 만들어드립니다. ○ 270

작가의 말 ● 285

미나의 시간

오늘의 종착지는
따뜻한 온기

소년과 소녀는 어느 다리 위에 서 있다.

소년은 소녀에게 손을 내민다.

"이제 넌 혼자가 아니야." 소년은 말한다.

소녀는 고개를 끄덕이며 소년의 손을 잡는다.

소년은 소녀에게 어떤 말을 속삭인다.

소녀는 그 문장이 들리지 않는다.

아무리 들으려 노력해도 소용없다.

소녀는 눈을 크게 뜨고 소년의 입 모양을 뚫어지게 쳐다

보며 단어를 세어본다.

하나, 둘, 셋, 세 글자.

소녀는 간절히 속으로 생각한다.

그 문장은 '사랑해'이길.

소녀는 자신의 세찬 심장 소리가 소년에게 닿을 것 같아 부끄럽다.

'나도 사랑해' 이렇게 소녀는 말하고 싶었지만 속으로 생각할 뿐이다. 대신 다리 밑에서 유유히 흘러가는 강을 바라보며 지금 이 시간을 만끽한다. 할 수만 있다면 이 시간을 얼려버리고 싶어. 정말 그렇게 할 수만 있다면 얼린 시간을 천천히 녹여 흘려보내고 싶다. 멀리서 바람이 불어온다. 소녀의 휘날리는 머리카락 사이로 신선한 바질향이 몰려온다. 소녀는 잠시 눈을 감고 숨을 내쉰다. 소년은 소녀의 숨을 받아 들이쉬고 내쉰다. 소년과 소녀의 숨은 두 사람의 진자 운동 속에서 비로소 하나가 된다.

그러는 사이 주변이 순식간에 어둠으로 뒤덮인다.

"아무것도 보이지 않아. 넌 어디에 있어?"

소녀는 힘껏 외치지만, 그 말은 소년에게 닿지 않는다.

하늘에 촘촘히 빛나던 별들이 사라지고 소녀가 까만 바탕 화면에 완전히 갇혔다고 느꼈을 때쯤이었다. 어디선가 핸드폰 알람이 울려 퍼졌다. 소녀는 고개를 돌려 창문 하나를 발견했다. 거기엔 레이스 커튼이 바람에 나부끼고 있었다. 소녀가 그곳을 가만히 응시하자 그 사이로 햇빛 한 줄기가 강하게 들어왔다.

나는 땀이 범벅인 상태로 깨어났다. 알람 소리를 따라 침대 밑에 떨어진 핸드폰을 주웠다. 한쪽 눈만 힘겹게 떠서 반쯤 찡그린 채로 시간을 확인했다.

오전 7시. 오늘도 악몽이다. 적어도 지금 이 순간, 이 꿈만큼은 내겐 악몽이었다. 핸드폰은 침대 옆 탁자에 던져두고 한참을 그대로 누워있었다.

이제 그 애를 생각하지 않을 때도 됐다. 봄, 여름, 가을,

겨울. 그리고 또 한 번의 봄, 여름, 가을의 반이 지나갔다. 꽤 오랜 시간이 흘렀는데 이따금 똑같은 꿈을 꾼다.

강이 흐르는 어떤 다리 위에서 너와 내가 만나는 꿈. 다리 주변에는 빨간 지붕 건물들이 있고 다리 위에는 화려한 동상들이 줄지어 있었다. 분명 처음 봤지만 꼭 가본 곳 같았다. 여기는 네가 그토록 얘기해 왔던 프라하일 것이다.

그 애는 늘 입버릇처럼 말했다.

"참, 월 수 금 토는 비워놔."

"왜?"

"프라하로 가는 직항이 그날 있거든. 언제 시간 되면 가자. 다음 주는 어때?"

"프라하가 부산이야? 그렇게 금방 가게?"

내가 흘겨보며 얘기해도 너는 아랑곳하지 않았다.

핸드폰을 다시 집었다. 10월 15일 금요일. 금요일이니까 프라하행 비행기는 오늘도 뜨겠구나. 침대에서 일어나 모카포트에 잘 갈린 원두와 물을 넣는다. 타닥소리와 함께 가스 불을 켜고 그 위에 모카포트를 올린다. 이제 식탁에 앉아 턱을 괴고 커피향이 스멀스멀 올라오길 기도하듯 기다리면 된다. 아까 꾼 꿈 때문일까. 방 안 가득 커피향으로 메워도 나의 외로움은 메워지지 않는다. 커피 두 잔이 아닌 한 잔이 주는 쓸쓸함은 퍽이나 무겁다.

"카페 루브르 알아?"

그 애는 잔뜩 흥분한 목소리로 물었다.

"아니, 거기가 어딘데?" 나는 시큰둥하게 말했다.

"프라하에 있는 카페지. 우리 프라하에 가면 카페 루브르에 가서 커피도 마셔보자. 카프카랑 아인슈타인도 그 카페 단골이었대."

"오, 정말? 거기서 글 쓰면 좋겠다. 그 글로 문예지 등단도 하고 책도 내는 거야. 그 카페 가려면 노트북은 꼭 챙겨야겠네." 나의 농담에 그 애는 피식 웃었다.

"프라하 두 번만 갔다가는 카프카보다 더 유명한 작가가 되겠는데?"

시시하고 뻔한 그날의 이야기들, 그날의 시간들이 환영처럼 맴돌았다. 나는 이내 고개를 저었다. 더는 생각하지 말자. 이미 너는 나의 영역이 아니니까.

이불을 개다 말고 베개 밑에 한 손을 넣었다. 미지근하지만 아직 온기가 남아있다. 꿈 때문에 가빠졌던 숨이 서서히 제자리를 찾았다.

— * — * — *

디자인 회사를 그만둔 건 지난주 금요일이었다.

주변에서는 대기업 디자이너가 됐다고 좋아했으나 실상은 전혀 달랐다. 디자인을 하기는커녕 매일 해외 디자인들의 자료 수집과 보도자료 작성에 허덕였다. 어쩌면 디자인에 딱히 특출한 재능이 없어서였는지도 모른다. 이곳에는 이름만 대면 유명한 디자이너들이 있기 때문에 여기에 속한 것만으로도 감사히 여기며 다녔다. 그러나 매일 아침 무미건조한 글로 시작해서 끝맺음하는 일상이 나를 점점 작게 만들었다. 나라는 존재는 마치 데생 수업 시간에 박박 지운 지우개 밥보다 작아지고 있었다.

지난달 마지막 주 금요일이었다. 회사 앞에 새로 오픈한 카페가 있다며 신입직원이 호들갑을 떨었다. 티라미수가 맛있다는 그녀의 한마디에 빵 애호가인 부장님이 들썩였다. 결국 그날 우리 팀원 모두 그 카페에서 점심을 먹었다.

내가 먹은 샌드위치는 꽤 먹을 만했다. 안에 들어간 리코타 치즈의 풍미도 좋았고 바질 페스토의 상큼함 역시 묵직한 곡물 치아바타와 어울렸다. 빵을 그다지 좋아하지 않았지만 어쩌다 보니 습관적으로 계속 먹게 됐다. 실은 그 애가 빵을 좋아했으니까 나도 자연스레 먹게 된 것이다. 우리는 시간이 날 때마다 맛있다고 소문이 난 베이커리 섭렵에 박차를 가했다.

한강에 소풍 갔던 날이었던가. 그 애는 잠봉뵈르를 한 입 크게 먹더니 웃으며 얘기했다.

"이 세상에서 제일 맛있는 빵이 뭔 줄 알아? 그건 바로 너랑 먹는 빵."

나는 한심하다는 듯 그 애의 팔을 툭 치며 말했다.

"뭐야. 싱겁게."

지나가던 사람도 코웃음 칠 이야기에 난 왜 그 순간 심장이 세게 뛰었는지 모른다.

팀원들과 이런저런 수다를 떨다 보니 벌써 시침이 한 칸 벌어졌다. 서둘러 자리를 정리하고 남은 커피를 집어 들었다. 무심결에 컵홀더를 봤는데 이런 글귀가 적혀있었다.

당신의 꿈이 찬란하게 빛나기를.
그리하여 마침내 따뜻한 온기가 되어
오래오래 남기를 바랍니다.

빨간 바탕에 하얀 글씨로 적혀있었다. 아무것도 아닌 컵홀더였다. 누군가는 생각 없이 쓰레기통에 넣었을 컵홀더.

그런 컵홀더에 눈물이 핑 돌았다.

아무도 모르게 조금씩 쌓여있던 서러움이 큰 파도가 되어 밀려왔다. 나는 끝없이 그 파도 속으로 휩쓸려 내려갔다. 너울 파도에 짭짤한 물을 쉼 없이 들이키면서도 희망을 잃지 않았다. 오로지 살겠다는 희망 그 하나. 나는 할 수 있는 한 오른손을 최대로 뻗어 흔들었지만 누구도 날 구해주지 못했다. 절망적이었다. 몸이 차가워지면서 더 이상 어떠한 감각도 느껴지지 않았다. 이제 조금 있으면 숨이 끊어질 것 같다. 마지막으로 온 힘을 다해 고개를 들어 밤하늘에 떠 있는 보름달을 바라보았다. 참으로 예쁘구나. 나는 천천히 눈을 감았다.

누군가 물었다. "이생에서 너는 무엇을 했는가."

나는 대답했다. "별로 한 게 없는데요."

그 순간 어디선가 작고 여린 목소리가 들렸다. 꼭 그 애 목소리 같았다.

"왜 한 게 없어. 너에겐 따뜻한 온기가 있잖아."

그 애에게 간간이 습작들을 모아 보여주면 그 애는 대충 읽는 척하다가 잘 모른다며 이리저리 피했다.

그러다 한 번, 술을 마시다 말고 테이블에 놓아둔 습작지들을 보며 말했다.

"네가 사실 잘 쓰는지는 모르겠어. 난 소설가나 시인이 아니니까 누구를 평가할 수 없잖아. 아니, 냉정하게 말해서 유려한 글은 아니야." 그 애는 술기운에 발갛게 달아오른 볼을 두 손으로 감싸며 말했다.

"그런데 말이야. 저 밑에서부터 따뜻한 온기가 느껴져. 그래서 좋아. 네 글 모두. 나 말고 다른 사람들도 빨리 알아봐줬으면 좋겠다."

그 애의 진심이 느껴졌던 '따뜻한 온기' 그 한마디는 일렁이는 파도를 건너 지금 내가 잡고 있는 컵홀더까지 당도했다.

퇴근하는 길에 나는 구름 사이로 어른어른 보이는 보름달을 올려다보며 결심했다.

나의 잃어버린 꿈을 찾아서 떠나기로.

종착지는 제발 따뜻한 온기이길 바라며.

1인분의 사랑

 문 앞에 물건을 내리는 둔중한 소리가 들렸다. 침대에서 몸을 조금 일으켰다. 탁자에 멀찍이 놓아둔 시계를 보니 새벽 5시다. 오늘도 뜬눈으로 지새웠다. 딱히 고민거리가 있는 건 아니었는데 잠이 오지 않았다. 퇴사와 동시에 새벽 시간을 얻은 셈이었다. 나는 슬리퍼를 짝짝이로 신은 채 현관으로 나갔다.

 새벽 배송이 왔다. 네모난 보냉백을 열고 오늘의 주문 내역을 재빨리 훑어본다. 당근, 양파, 감자, 호박, 두부, 우유, 버터. 하나씩 꺼내 놓으며 무엇을 만들까, 고민한다.

이 재료들이라면 역시 카레가 제격이다.

나는 야채들을 씻어 도마에 올려놓고 큼직하게 썰기 시작했다. 팬에 버터를 제법 넣은 후 양파부터 볶는다. 버터 향이 퍼지면서 양파가 숨이 죽으면 나머지 야채들을 넣고, 물과 우유를 1:1로 부어준다. 거품이 크게 일 때까지 뭉근하게 끓이다가 마지막으로 썰어놓은 두부와 고형 카레 2조각을 넣는다. 진한 초콜릿색이 될 때까지 기다림은 계속된다. 국자로 천천히 저을수록 고소하면서도 향긋한 카레향이 올라와 코끝을 간질인다. 시험 삼아 한 스푼 떠먹어본다. 우유의 부드러운 맛과 양파의 달콤한 맛이 어우러져 깊은 풍미가 입속에서 치고 올라왔다. 예전에 대학로의 유명한 카레 집에서 먹은 맛과 별 차이가 없다고 생각하니 어깨가 으쓱해졌다.

회사에 다닐 때는 줄곧 레토르트 식품만 사 먹었다. 카레를 먹더라도 전자레인지에 빨리 돌릴 수 있는 3분 카레가 전부였다. 다급했다. 언제나 시간이 없었고, 시간이 있다

한들 쓰는 방법을 알지 못했다.

마음을 쓰는 일, 마음을 나눠주는 일 따위엔 관심이 없었다. 당시에는 이런 삶이 나를 위한 일이라고 생각했는데 돌이켜보니 나를 위한 것도, 타인을 위한 것도 아니었다. 틀에 박힌 삶은 오히려 내가 나를 질리게 만들었다. 그 애도 그렇게 느꼈을 것이다.

나는 그 애에게 단 한 번도 먼저 다가가지 않았다. 항상 먼저 다가와 주기만을 바랐고, 먼저 말을 걸어주길, 먼저 안아주길 바랐다. 설사 그 애가 달려온다 해도 그리 반기는 내색을 하지 않았다. 사실 속으로는 뛸 듯이 좋았으나 어떻게 표현해야 할지 몰랐다. 나는 언제나 그랬듯 차갑게 봉인된 1인분의 삶을 살고 있었고, 넉넉한 2인분을 갈구하는 그 애를 허용하지 않았다. 매번 일정한 시간만 들이면 그럭저럭 맛이 보장되는 요리처럼 나는 그 애에게 어떤 틈도 보여주지 않았다. 근사하지 않아도 아니, 망쳐도 좋으니 함께 요리하고 먹는 것은 얼마나 아름다운 일이었던가.

뒤늦게 오는 깨달음은 나를 한없이 무너지게 했다. 망치질에도 끄떡없던 빙판이 누가 던진 돌멩이 한 알에 와르르 깨지는 순간처럼.

어제 남겨둔 밥을 그릇에 옮겨 담았다. 그러고선 그 위에 김이 나는 카레 한 국자를 올렸다. 냄비를 보니 카레가 생각보다 많이 남은 것 같았다. 수납장에서 보관용 그릇을 꺼내 남은 카레 모두를 부었다. 내 그릇만 들고 식탁에 앉았는데, 문득 식탁이 썰렁해 보여 두 그릇 모두 식탁에 두었다. 그렇게 하니 조금은 덜 외로웠다.

수저를 들다 말고 생각했다. 아, 바질잎이 빠졌구나. 얼른 창가에 가서 바질잎 하나를 떼어왔다. 속이 보일 정도로 투명하면서도 산뜻한 바질향이 카레향 사이로 은은히 피어오른다.

종종 그 애 숨결에서도 바질향이 느껴졌던 게 떠올랐다.

"너 무슨 향수 써?"

"나? 캘빈클라인."

"진짜? 내가 아는 CK 향수와 다른데?"

"아, 이거 리미티드 에디션이야. 넌 잘 모를걸?"

"이 향 어디서 맡아봤더라……."

나는 한참을 생각하다가 무릎을 쳤다.

"맞다. 이거 바질향 비슷한 것 같아. 나 집에서 바질 키워봐서 알거든."

"바질? 그거 먹는 거 아니야?"

멋쩍게 웃는 그 애 표정이 아직도 선명하다. 나는 그 애가 쓰던 게 캘빈클라인의 어떤 향수였는지 끝내 알지 못했다. 뭐였을까. 바질향의 궤적을 구석구석 따라가다가 스르르 나도 모르게 눈이 감겼다. 잠이 몰려왔다.

길고양이의 말을
알아들을 수 있다면

"초롱아, 초롱이 어디 있니?" 고양이 간식을 들고 나는 주변을 두리번거렸다. "초롱아, 오늘 네가 좋아하는 참치 츄르도 사 왔어. 어디 갔어?"

대답 없는 질문하기를 꼬박 한 시간. 밥도 안 먹고 놀러 나간 자식을 찾는다면 이런 기분이겠지. 나는 나직이 중얼거렸다. 그러자 멀리서 야옹 소리가 들렸다.

노란색 몸통에 너구리처럼 풍성한 꼬리를 가진 길고양이가 슬렁슬렁 걸어온다. 나는 가방에서 얼른 밥그릇과 물그릇을 꺼냈다. 늘 그랬듯 초롱이는 밥그릇 앞에 착 앉더니 초롱초롱한 눈빛을 보내고 있었다.

집사야 얼른 밥을 내놓지 못할까, 하고 얘기하는 것처럼. 오늘은 기분이 좋았던 모양이었다. 꼬리를 세우며 빙글빙글 돌다가 내가 쓰다듬어도 가만히 앉아 있었다.

초롱이의 기분은 시시때때로 달랐다. 밥을 줘도 다가오지 않을 때가 있었고, 부르지도 않는데 먼저 달려올 때도 있었다. 들쑥날쑥한 초롱이 기분을 대체 종잡을 수 없었다.

"나, 고양이 언어를 배워볼까. 가끔 초롱이가 무슨 말을 하는지 모르겠어."

나는 진지한 표정을 지으며 그 애에게 말했다.

"초롱이가 남자라고 했나?"

"응."

"그럼 초롱이 여자친구한테 배우면 되겠네. 초롱이의 마음을 사로잡는 방법."

때때로 희미해진 우리 대화들은 초롱이로부터 복원됐

다. 신기하게 초롱이를 보는 날에는 예전 기억 위에 덮였던 먼지를 후후 불 수 있었다. 초롱이와 그 애와 나의 기억 모두가 매우 선명해질 때까지 그 작업을 계속 반복했다.

이러한 일련의 과정을 거친 후에서야 나는 초롱이를 보며 더 깊숙이 은둔했던 기억 조각들을 꺼내는 연습을 시작했다. 그것을 일주일에 한 번, 그러다 하루에 한 번, 나아가 한 시간에 한 번씩 하게 되었다. 그럴수록 나는 점점 더 그 애에게 빠져들었고, 기억을 복원하는 시간조차 평범한 일상이 되었다.

"혹시 반려동물 있으세요?"
"아니요. 없어요. 그런데 고양이는 좋아해요."
"아, 그러시구나. 저는 강아지 키우거든요."
"네. 강아지도 예쁘죠."

고양이를 좋아한다는 대목에서 초롱이를 언급하고 싶지

않았다. 오늘 처음 만난 사이인데 그만큼 내밀한 이야기까지 나눌 생각은 없었으니까.

한껏 가라앉은 공기 속에서 두 뼘 정도 띄운 대화들이 조금 더 오갔다.

"최근에 소개팅해 보셨어요?" 그 남자는 한참 뜸을 들이다 내게 조심스럽게 물었다.

"그렇게 소개팅을 좋아하는 편은 아닌데 어쩌다 보니 여기 있네요." 나는 정확한 답변을 하지 못한 채 얼버무렸다. 사실 그 질문에 예, 아니오로 대답할 수 없었다. 매주 토요일은 주변 사람들 등쌀에 밀려 반강제적으로 소개팅과 선으로 점철되어 있기 때문이었다. 이번 주 주말도 변함없었다. 이렇게 해서 진정한 인연을 찾는다면 좋은 거고, 찾지 못한다 해도 상관없었다. 낯선 이와 만나는 매주 주말, 지금 이 시간들이 썩 좋진 않지만 그렇다고 딱히 불만스럽지도 않았다.

제법 길게 느껴졌던 전채요리가 끝났으니 이제 메인디쉬

가 나올 차례였다.

"미국에서 공부하셨다고요?" 내가 먼저 운을 뗐다.

"네. 보스턴에 있었어요. 고등학교 때부터 미국에서 쭉 혼자 있었어요."

"힘들었겠어요." 나는 기계적으로 말했다.

"당시에 아버지가 시의원으로 출마하셨다가 낙선하셔서 집에 돈이 별로 없었어요. 그러던 중에 운이 좋게 대기업 전액 장학금을 받게 됐죠. 그렇다고 유학 준비를 그 기업에서 다 해주는 건 아니었어요. 비행기티켓을 사는 것부터 학교 선정까지 모든 걸 혼자 알아서 했죠." 그 남자는 조그만 한숨을 쉬며 말을 이어갔다.

"그때부터 기숙사 생활을 해서 친구들은 많았는데 외로운 건 어쩔 수 없더라고요. 미국에 있는 내내 불안했던 것 같아요. 다시 혼자가 되면 어쩌지, 그런 생각들 때문에…. 사람들은 제가 어린 나이에 엄청 성공한 것처럼 보는데 속은 그렇지도 않아요."

얘기를 마친 남자는 담담한 얼굴로 스테이크를 썰었다. 그 모습을 보니 눈앞에 17살의 한 소년이 그려졌다. 발을 동동 구르며 미국행 티켓을 샀을 한 소년.

떨리는 마음으로 첫 입국심사를 기다리던 순간, 그는 깨닫는다. 이제부터 모든 언어는 한국어가 아닌 영어로 얘기해야 한다는 것을, 어떤 어려움이 있어도 오롯이 혼자 해결해야 한다는 사실을 절절히 통감한다. 아마 17살이 올라갈 오르막길치고는 꽤나 가팔랐을 것이다. 누구 하나 기댈 곳 없이 팽팽한 공기 속 빠듯한 시간을 세며 공부했던 그 소년에게 어쩐지 모를 서글픔이 느껴졌다.

"초콜릿 수플레와 아이스크림입니다." 웨이터가 디저트를 가져왔다.

"참, 여행은 좋아하세요?" 그 남자는 내게 물었다.

"그럼요. 학교 다닐 때는 여기저기 많이 다녔던 것 같아요. 유럽도 가보고, 중국도 가보고. 또 어딜 갔더라. 그러고 보니 미국에 계셨으면 여행 많이 다니셨겠네요."

"아니요. 전 항상 시간에 쫓겨서 미국 안에서만 계속 있었어요. 유럽 여행도 꼭 가보고 싶었는데 아직이네요. 실은 꼭 가고 싶은 도시가 있긴 한데 언젠가 갈 수 있겠죠."

나는 그 도시가 갑자기 궁금해졌다.

"거기가 어딘데요?"

"프라하요. 동유럽 도시인데 혹시 가보셨어요?"

전 세계 195개의 나라, 그중 인구 15만 명이 넘는 4,416개의 도시 중에 하필 이 시점에서 프라하가 나올 확률은 몇 퍼센트일까. 순간 강한 펀치 한 방에 쓰러진 복서가 보였다. 숱한 잽을 요리조리 잘도 피했으나 마지막 라운드에 가서 깊고 날이 선 펀치를, 복서는 기어이 맞고 말았다. 마지막 종소리가 울리지만 복서는 일어나지 못했다. 딱 지금 내 감정이 그랬다. 죽을 만큼 숨을 헐떡이며 링 위에 쓰러진 복서의 마음처럼. 망연자실한 채 누워서 까만 천장을 바라보다 결국 눈을 감아버리는 복서의 시간을, 나는 천천히 더듬고 있었다.

"여기가 집이에요. 오늘 반가웠어요." 나는 가볍게 눈인사를 하고 돌아섰다.

"저기요." 그 남자는 다급하게 나를 불러 세웠다.

"네?"

"시간 괜찮으시면 다음 주에 연극 보러 갈래요?"

"연극이요?"

"아까 연극 좋아하신다고 하셨잖아요. 저도 연극 좋아하거든요."

그때였다. 야옹 소리가 들렸던 것은.

"어, 초롱이다." 나는 반가운 마음에 크게 소리를 질렀다.

"초롱이요?" 남자는 내게 달려오는 노란색 고양이를 의아한 눈빛으로 바라봤다.

"네. 저희 동네 사는 길고양이예요. 하도 애교가 많아서 동네 사람들이 키우다시피 하죠. 이름은 초롱이고요."

"정말 귀엽네요." 그는 긴장을 풀고 환하게 웃었다.

"어쩌지, 지금은 츄르가 없는데, 밥은 먹었니?"

초롱이는 내 말을 다 알아들었다는 듯이 몸통을 내 다리에 찰싹 붙인 채로 비볐다. 얼굴을 쓰다듬어주니 그 자리에 식빵 굽는 자세로 앉았다.

"저도 만져 봐도 돼요?"

"그러세요." 나는 살짝 몸을 돌려 그가 초롱이를 만질 수 있도록 작은 공간을 만들어줬다. 남자가 무릎을 살짝 구부려 손을 뻗으려 하자 초롱이는 놀란 듯 자리에서 벌떡 일어났다. 그러고는 쏜살같이 어디론가 가버렸다.

"제가 무서웠나 봐요." 그는 허탈한 표정을 지었다.

"가끔 초롱이가 저래요. 낯선 사람 오면 더 그렇고요. 그럼 늦었는데 이제 가보세요."

나는 한 번 더 고개를 끄덕여 인사했다.

"네. 그런데 아까 말했던 연극이요. 다음 주에 언제 만날지 시간을 안 정해서요."

남자는 단호한 기색으로 말했다. 이런 분위기라면 몇 시

몇 분 몇 초에 만날지까지도 정해야 할 것 같았다.

"그럼 다음 주 토요일 어떠세요?"

나는 고민하지 않고 말했다.

엄밀히 말해 이 사람을 더 만나야 할까, 그런 고민은 '프라하'라는 단어가 나오면서부터 하지 않게 됐다. 빨간 실을 엮은 인연이라던가, 일생에 단 한 번 만나는 소울메이트 같은 건 그 애 하나일 것이라고 줄곧 생각해 왔다. 내 인생의 연인은 그 애 단 한 사람만이 존재한다고.

어쩌면 그럴 수도 있겠다. 애초에 내가 태어나기 전부터 하늘에서 정하길, 너는 프라하를 좋아하는 사람을 만나 너 역시 프라하를 좋아하게 되고 결국 네가 좋아하는 프라하 출신의 작가를 따라 너의 꿈을 펼치게 된다. 만약 이런 식으로 내 인생이 설계되어있다면 프라하를 좋아하는 지금 이 남자가 나의 진정한 소울메이트일지도 모른다. 정말로 그렇다면 처음부터 잘못 잠근 셔츠의 단추들을 모두 풀고 첫 단추부터 다시 찾아야 할 것이다.

빨간 실로 묶인 그 단추를.

"그럼 삼일로창고극장에서 볼까요?" 그 남자는 주머니에서 핸드폰을 꺼내며 초조하게 물었다.

"삼일로창고극장요?" 나는 놀란 표정으로 되물었다.

"식사 중에 말씀하셨잖아요. 삼일로창고극장이 조금 있으면 폐관할지도 모른다고요."

"기억력이 좋으시네요." 나는 웃으며 대답했다.

"그럼요. 그걸로 먹고 사는데요."

유능한 변호사는 흘러가는 말도 잘 캐치해서 돈을 잘 버는 걸까. 우리는 서로의 얼굴을 빤히 보다가 함께 웃었다. 기억났다. 식사 초반에 돌문어 세비체를 먹을 때쯤 삼일로창고극장에 대해서 얼핏 얘기했다. 그러고 보니 그곳은 2년 전에도 폐관 소문이 있었다.

"삼일로창고극장 여기 폐관할지도 모른대."

불이 꺼진 극장 앞에서 나는 그 애에게 아쉬운 말투로 얘기했다. 그날따라 바람이 세차게 휘몰아쳤다. 우리는 총총걸음으로 바람을 헤치며 명동성당 뒷길 언덕을 내려가고 있었다.

"그래? 안 됐네. 요즘 워낙 문화 예술 쪽이 어려운 시기니까." 그 애는 대답했다.

"우리 폐관되기 전에 언제 한 번 가서 연극 보자. 우리 한 번도 같이 연극 본 적 없잖아."

"그래. 그러자. 그런데 연극 도중에 쿨쿨 잘 수도 있어."

"그게 무슨 말이야? 자다니?" 그 애의 예상치 못한 대답에 눈을 동그랗게 떴다.

"옛날에 어떤 연극을 봤는데 심하게 잤어. 옆에 있던 친구가 그랬는데 내가 공연 내내 헤드뱅잉을 계속했다는 거야. 대사 한 번에 고개 한 번을 까닥거렸대. 배우들이랑 짜 맞춘 것처럼. 웃기지 않아?"

대사에 맞춰 고개를 흔드는 그 애 모습이 상상됐다.

힙합 공연에서 리듬에 맞춰 고개를 끄덕이는 세상 힙한 사람처럼. 그런 관객 앞에서 웃음을 참으며 대사를 읊었을 배우들의 모습도 보였다.

"무슨 연극이었는데?"

"기억도 안 나. 쉬운 제목이었는데 뭐였지? 무슨 새 이름이었던 것 같기도 하고."

"새? 나는 새 말하는 거지?"

"응."

"그런 연극이 있나. 내용은 뭔데?"

"잤으니까 내용도 당연히 모르지. 분명 콧수염을 붙인 남자가 나왔던 게 기억나고 하얀색 원피스를 입은 여자도 무대에서 왔다 갔다 했는데……. 눈을 떠보니 불이 꺼진 무대만 있더라."

"여자랑 갔어?"

나는 그 애의 옆구리를 푹 찌르며 물었다.

"아니야. 우리 주식 동아리에 연극영화과 다니는 애도

있었거든. 걔 졸업 공연이라 동아리 애랑 갔던 거지."

"아, 연극영화과 애가 여자였구나?"

나는 장난스럽게 꼬치꼬치 캐물었다.

"여자는 맞아. 같이 공연 갔던 동아리 애랑 썸타는 사이였어. 생각을 해봐. 내가 걔한테 관심이 있었으면 잠이 왔겠냐고. 무대에 나오는 순간마다 눈에 불을 켜고 봤을 텐데."

왠지 모르게 안도가 됐다. 그 애의 소소한 시간마저도 질투를 하는 내 자신이 웃겼다.

"그런데 배우를 꿈꾸면서 주식 동아리를 하는 건 뭔가 연상이 안 된다." 나는 말했다.

"이상과 현실은 다른 거니까. 연기만 해서 돈을 많이 버는 사람은 극소수잖아. 예술의 길은 멀고도 힘들어."

그 애는 가라앉은 목소리로 중얼거리듯 말했다.

통계와 숫자로만 판단해 버리는 사회가, 예술적 가치와 진심은 저 멀리 던져두고 한 개인의 삶을 오로지 돈으로만 평가하는 현실이 부쩍 차갑게 느껴졌다.

"참, 장은우라고 알지? 영화 피아니시모 도레미에 나왔던 배우." 그 애가 말했다.

"응. 알지. 요즘 넷플릭스에 나오던데?" 나는 답했다.

"그날 그 공연에 걔도 나왔어. 장은우도 그날 그 공연하고 졸업했던 모양이더라고."

"그래? 나 장은우 완전 팬인데, 보러 갈 걸."

"뭐? 그래서 장은우가 나보다 더 좋아? 좋냐고?" 그 애는 입을 삐죽 내밀며 내 볼을 꼬집었다.

수수께끼를
푸는 심정으로

 발목까지 오는 옅은 회색 캐시미어 코트에 베이지색 체크 머플러를 단정히 맨 남자가 보였다. 그 남자의 감각 있는 스타일이 삼일로창고극장의 빨간 벽돌 건물과 제법 잘 어울렸다. "일찍 오셨네요." 빠른 걸음으로 온 탓에 숨이 조금 찼다. 손목을 들어 시계를 보니 약속 시간 3분 전이었다.
 "네, 오늘따라 일이 빨리 끝나서요." 그는 손에 꼭 쥐고 있던 티켓 하나를 건넸다.
 오늘 연극은 안톤 체홉 희곡 여러 개를 짤막하게 묶어 각색한 작품이었다. 고전 작품이라 진행이 늘어질까 걱정했는데 전혀 그렇지 않았다. 체홉이 바로 어제 썼다고 해도 믿을 만큼 현대적이고 팔딱이는 대사가, 그것을 반짝반짝 윤이 나게 도와준 각색 모두 나를 벅차게 만들었다.

혹시 몰라 슬쩍 옆을 보니 그 남자도 열중하며 보고 있었다. 그가 졸지 않아서 다행이라고 생각함과 동시에 그 애였다면 또 곯아떨어졌겠지, 그런 생각이 들어 속으로 웃었다.

아, 아니다. 그 애를 생각하지 말자고 몇 번을 다짐했던가. 그 애에 대한 생각을 버리려고 할 때에는 어떤 묘한 소유욕 같은 것이 올라와 나를 방해했다. 알고 있다. 그 생각들은 끝내 내 가슴을 더 아프게 한다는 것을. 그러나 도저히 멈출 수가 없었다.

"연극은 괜찮으셨어요?"

그는 김이 모락모락 나는 아메리카노 잔을 내려놓으며 내게 물었다.

"네. 연출이 꽤 마음에 들더라고요."

"체홉을 오늘 처음 알았는데 나중에 희곡집 전체를 사서 읽어봐야겠어요."

그는 살짝 허공에 눈을 올리다가 다시 나를 보더니 얘기를 이어 나갔다.

"음, 전 마지막에 나온 대사가 좋았어요. 인간도, 사자도, 독수리도. 그 부분 있죠. 거기가 인상적이었어요."

"맞아요. 그 부분은 워낙 유명하죠." 나는 고개를 끄덕이며 맞장구를 쳤다.

남산타워에 가자는 그의 말에 나는 싫다고 할 수 없었다. 사실 이 부근 데이트 코스는 뻔했다. 남산타워에 간다거나, 명동 거리를 구경한다거나, 명동역에 있는 영화관에 간다거나, 하는 것들. 제각기 다른 사람들이 각자의 시간표를 가지고 명동이라는 거대한 쳇바퀴 속에 구르고 있는 것 같았다.

"와, 남산타워는 처음 와봤어요. 항상 멀리서만 봤는데."
그는 순도 백 퍼센트의 순수한 표정을 지었다. 나도 언젠가 저런 비슷한 표정을 하고 그 비슷한 대사를 했다.

  남산타워에 도착해서 뛸 듯이 기뻐하는 내게 그 애는 말했다.

  "그렇게 좋아? 진작 올 걸 그랬네. 몰랐잖아."

  고등학교 1학년 여름 방학 중반을 지나고 있을 무렵이었다. 갑자기 기침이 끊임없이 나고 온몸이 쑤시듯 아팠다. 처음에는 감기인 줄 알았다. 그런데 어떤 약을 먹어도 기침이 멈추지 않았다. 걱정이 되어 내로라하는 대학병원에 뛰어다니며 온갖 검사를 다 했지만 원인을 찾을 수 없었다. 의사 선생님은 확실하지 않지만 스트레스성 문제인 것 같으니 한 달 동안 쉬면서 추이를 지켜보자고 하셨다. 기침은 계속됐다. 이렇게 죽는구나. 나는 침대에 꼿꼿이 누워서 생각했다. 시간이 흐를 만큼 흘렀는데도 차도가 없자 일기장 맨 뒷면을 펼쳐 유서를 적기 시작했다. 하고 싶었으나 하지 못한 것들, 만약에 내가 낫는다면 꼭 이루고 싶은 것들을 적어 내려갔다. 일일이 다 기억하진 못하지만 마지막으로 썼던 문장은 선명히 떠오른다.

32번, 가장 사랑하는 남자친구와 남산 타워에 가기.

그 남자와 기념품 가게에 들어갔다. 새롭게 리모델링을 해서 그런지 모든 게 싹 바뀌어 있었다. 여기에선 사랑의 자물쇠뿐만 아니라 타임캡슐도 팔고 있었다. 타임캡슐을 보관하는 방법이 궁금해 자세히 읽어보니 소원을 적은 다음 2년 안에 다시 와서 찾아가는 방식이었다.

남산타워를 작게 만든 피규어들도, 낭만적인 느낌의 남산타워 엽서도, 심지어 오징어게임에 나오는 달고나까지 소품 하나하나가 내 눈길을 사로잡았다. 남자는 남산타워가 그려진 냉장고 자석을 샀다. 나 역시 한참을 고민했으나 아무것도 사지 않은 채 기념품 가게에서 나왔다.

하늘이 파랬다. 수채화 시간에 쓰던 접이식 물통에 파란색 물감이 묻은 붓을 씻으면 이런 색깔이겠지. 나는 말없이 유유히 지나가는 구름을 바라봤다. 우리는 적당한 거리를 두고 자물쇠가 수없이 걸린 철조망 앞에 섰다. 사방이 환했는데 나만 그늘 밑에 있는 기분이었다.

"저⋯. 우리도 자물쇠 매달래요?"

나는 놀란 눈으로 남자를 바라보다가 웃음을 터뜨렸다.

"아까부터 자물쇠에 쓴 글들을 읽어보니까 친구 사이도 은근히 많더라고요. 가족도 있고."

나는 웃는 와중에도 뭐라고 답을 해야 할지 고민이 됐다.

내가 뜸을 들이는 동안, 남자는 어색하게 웃으며 시선을 돌렸다.

"에이, 자물쇠는 그냥 다음에 걸어야겠다. 다음에 오게 되면 우리 꼭 걸어요."

"네, 그래요." 나는 작게 답했다.

"우리도 저 사람들처럼 자물쇠 걸까?"

한 시간 전쯤부터였다. 전망대 카페에서 스트로베리 피

치 프라페를 마실 때부터 그토록 기다렸던 질문. 사실 아까 셀카를 찍을 때도, 그 애가 화장실 갔을 때도, 온통 자물쇠 생각이었다. 그런데도 나는 선뜻 대답하지 못했다. 응, 이라는 한 마디가 왜 입에서 떨어지지 않았을까.

그렇다. 나는 무척이나 우리의 자물쇠를 걸고 싶었다. 핑크색 자물쇠에 오늘 날짜와 우리의 이름을 적어 이곳에 오래오래 남겨야지. 자물쇠를 굳게 잠근 후 열쇠를 끝이 보이지 않는 저 절벽에 던질 것이다. 그 누구도 찾을 수 없도록. 그리하여 절대 열리지 않을 우리 사랑은 여기 오래오래 머물러 있으리라.

실은 두려웠다. 우리가 만약 헤어지게 되어서 자물쇠만 덜렁 남게 된다면, 그럼 나는 어쩌지. 나는 어떻게 살아야 할 것인가. 그래. 나는 매일 이곳에 올라와 자물쇠를 보며 울 것이다. 너와의 시간을 세며 자물쇠의 핑크색이 다 벗겨질 때까지 서서히 침잠할 것이다. 비가 내리고 눈이 내려 마침내 녹이 슨 자물쇠를 손에 쥐고 그렇게 난 영원히 남산타워를 벗어나지 못할 거야.

이 좋은 날, 왜 굳이 그림자를 손수 만들어서 반짝였던 찰나를 덮어버렸는지 모르겠다.

"그럼 이제 갈까?" 그 애는 자물쇠들을 만지다 말고 내게 걸음을 재촉했다. 뒤돌아서 내려가는데 그 애는 아쉬운 듯 고개를 뒤로 돌려 나를 툭툭 쳤다.

"저기 보여? 저기에 우리 자물쇠도 걸려 있잖아." 그 애는 자물쇠들이 걸린 철조망을 다시 가리켰다. 그 손끝이 철조망을 향했는지 하늘을 향했는지는 정확히 알 수 없지만.

우리는 방향을 잃고 정처 없이 떠도는 낙엽의 길을 따라가고 있었다. 그때 깨달았어야 했다. 우리가 어떤 목적지도 없는 공허한 시간 속으로 빠져들고 있었음을. 절벽으로 끝없이 낙하하는 자물쇠 열쇠 뒤로 그저 아득한 밤만이 있었을 뿐이었다.

집에 돌아와서 세수를 하고 화장대에 앉았다. 아까 낮에 본 체홉 연극을 곱씹었다. 그 남자가 좋다던 대사도 떠올렸다. 인간도, 사자도, 독수리도. 그다음 단어가 뭐였더라. 사슴이었나. 나는 중얼거리며 책장 맨 위에 꽂힌 체홉 희곡선 중에 〈갈매기〉를 꺼냈다. 책을 펼쳐 아까 얘기했던 부분을 손으로 꾹꾹 짚어가며 읽었다. 인간, 사자, 독수리 그다음 단어는 뿔 달린 사슴이었다. 내친김에 첫 장부터 다시 읽는다. 대사 한 줄, 한 줄이 애처롭게 매달려있다. 바람 불면 언제든 툭 떨어질 것처럼. 세상에 완전한 사랑이라는 건 존재하지 않는다. 눈을 감고 오늘 무대 위에 처연히 죽어있던 하얀 갈매기를 그려보았다.

그러다 문득 그 애가 말했던 새 이름의 연극이 생각났다. 작품 제목이 새 이름이라고 했으니 혹시 갈매기였을까.

내심 알고 싶었지만, 어찌해도 알 도리가 없다. 하긴 지금 알아서 뭐 하나. 낙담하고 있을 무렵 번뜩 스쳐 지나간 얘기. 장은우.

그 애가 그날 그 연극에 장은우가 나왔다고 했다. 제목

찾기에 희망이 보였다. 나는 얼른 노트북을 열어 장은우의 졸업 작품을 검색해 보았다. 검색 마지막 페이지에 학보지 하나가 나왔다. 클릭해 보니 장은우의 졸업 연극 사진이 실려 있었다. '연극 〈갈매기〉에서 트레플료프 역을 맡은 장은우 학우'라는 글과 함께. 그걸 읽는 순간 크게 소리를 지를 뻔했다.

나는 그날 저녁 아무도 내주지 않은 수수께끼를 혼자 맞히고 혼자 기뻐하고 있었다. 아무도 몰래 그런 시간을 보내고 있었다.

카프카의 시간

"빵 좋아하세요?" 그 남자는 맥락 없이 묻는 법이 많았다. 아는 형이 베이킹 스튜디오를 가지고 있으니 언제 시간 되면 놀러 오라고 했다. 신사역에서 10분 거리. 핸드폰에서 지도를 열어 미로처럼 생긴 길을 찾아갔다. 겉으로는 꽤 연식이 있는 건물 같았는데, 안으로 들어가니 제법 깔끔하게 정리되어 있었다.

"조금만 기다려요. 스콘 나오려면 조금 더 있어야 할 것 같으니까."

나뭇결이 그대로 느껴지는 식탁 위에는 하얀 밀가루가

군데군데 떨어져 있었다. 나는 살구색 라탄 의자를 식탁에서 빼서 앉았다.

그 남자는 형과 로스쿨에 다니면서 겪은 에피소드들을 나열했다. 조금은 우습고, 조금은 슬픈 이야기들. 두 사람 모두 졸업하고 비슷한 시기에 귀국해서 현재는 같은 로펌에 있는 중이었다.

"변호사가 베이킹 스튜디오를 가지고 있는 건 의외네요." 나는 고개를 갸웃했다.

"형은 예전부터 외로움을 많이 탔어요. 외롭다는 말에 인이 박일 만큼 자주 말했죠. 그러던 어느 날인가 우리 기숙사에 일본인 친구 한 명이 들어왔어요. 그 친구는 주말마다 빵을 구워서 우리한테 나눠줬었죠. 형은 그때 가장 행복했었나 봐요. 우리가 빵을 먹었던 그 주말이. 나중에 돈을 벌게 되면 베이킹 스튜디오를 차려야겠다고 결심했다나 뭐라나. 물론 지금은 창고 비슷하지만……"

나는 속으로 고개를 끄덕였다. 빵은 외로움을 잠시 상실

하게 만들어준다. 잘 부풀어 오른 반죽은 방향을 잃고 쓰러진 마음을 에어백처럼 받아주고, 갓 구운 빵 냄새는 심하게 다친 마음을 마취시킨다. 꼭 세상 제일의 마음 치료약처럼. 그 때문에 빵을 끊을 수가 없는 것이다. 정신을 차리면 다시 외로움이 몰려올 걸 알면서도.

"잠시만요." 그 남자는 끓인 물을 가져와 핸드드립으로 커피를 내려줬다. 블루마운틴 커피였다. 주변은 온통 진한 커피 향으로 덧입혀졌다.

"참, 내 정신 좀 봐. 음악이 빠졌네." 그는 잽싸게 책장 앞으로 뛰어가 바닥에 놓인 박스를 열었다. 거기서 꺼낸 LP 하나를 턴테이블에 조심스레 올린 후 바늘을 내렸다. 음악의 시작을 알리는 치직 소리.

시가렛 애프터 섹스의 〈K〉였다.

"시가렛 애프터 섹스 좋아하시나 봐요." 나는 간주가 나오길 기다렸다가 말했다.

"가수 이름인가요? 전 잘 모르는데 아마 형이 좋아하나 봐요. 저 박스 모두 형 LP거든요."

"이 노래 어때? 요즘 내가 제일 좋아하는 곡."
나는 두근거리는 마음으로 플레이버튼을 눌렀다.
"음……. 뿌옇게 안개가 낀 도시가 보여. 느린 춤을 함께 춰야 할 것 같기도 하고."
그 애는 눈을 감으며 말했다.
"나 유럽 가면 들으려고 아껴뒀어."
"그래. 내년에는 꼭 가야지. 이거 제목이 뭔데?"
"시가렛 애프터 섹스의 〈Apocalypse〉."
"어머, 그룹 이름이 너무 야해." 그 애는 장난스럽게 손으로 입을 가리며 눈을 찡긋거렸다. "에이, 그냥 그룹 이름이야." 나는 부끄러워 고개를 돌렸다.
"야한 이미나. 러쉬 입욕제도 섹스밤만 사더니." 그 애는 내 팔을 확 낚아채더니 두 손으로 허리를 감쌌다.
"예뻐. 너." 그 애는 내 볼에 뽀뽀를 했다. 몇 번이나.

"스콘 맛 괜찮아요? 치즈를 너무 많이 넣은 것 같기도 하고. 걱정이네요."

스콘의 모양은 제멋대로였지만 맛은 그렇지 않았다. 치즈가 단단하게 밀도를 높여줘서 입안에 넣는 순간 부드럽게 녹았다. 어떻게 보면 촉촉한 쿠키 같기도 했다. 한참을 먹다 스콘 안을 보니 옅은 초록색 가루들이 콕콕 박혀있었다. 그에게 레시피를 들어보니 그것의 정체는 바질을 으깬 부스러기였다.

"바질 치즈 스콘인데 신기하게 바질 향은 하나도 안 나네요."

"그런가요? 바질 양이 적었나 봐요." 남자는 스콘을 한 입 더 먹으며 나를 쳐다봤다.

남자가 앉은 뒤편 벽에는 책들이 켜켜이 쌓여있었다.

"저기 뒤에 책도 많네요."

"네. 여기도 한 번 치워야 하는데…."

남자는 자리에서 일어나 아무 책 한 권을 집어서 내게 건넸다.

세계여행 유럽 편이었다. 나는 책장들을 휘리릭 넘겼다.

"그러고 보니 프라하엔 왜 가고 싶어요?"

"미국에 있을 때 얘기라 쑥스럽네요." 그 남자는 식탁을 한 번 쓰다듬더니 뒤이어 말했다.

"처음 유학 가서는 한국 관련된 건 절대 안 봤어요. 보면 한국이 더 그리워질까 봐. 영어로만 얘기하고 한국 친구들도 안 만들고. 그러다 아는 누나가 저를 한인회 모임에 억지로 데리고 갔어요. 모임 끝 무렵이었나. 누나가 어떤 한국 드라마를 틀어줬는데 너무 재밌는 거예요."

"혹시 그게 〈프라하의 연인〉이었어요?"

"네. 다음날 시내 한인 비디오 가게에 가서 전편을 몽땅 빌렸어요. 드라마를 보다 보니 확신이 들더라고요. 프라하에 가면 운명을 만날 수 있겠구나, 하고. 우습죠?"

그 남자는 프라하에서 해야 할 버킷리스트가 있다며 그것들을 하나하나 열거했다.

나는 그 남자가 얘기하는 곳들을 모두 알고 있었지만 오늘 처음 듣는 척 연기하고 있었다. 나는 그런 사람이었다. 거리 한구석에서 쭈그리고 손금을 읽는 사람들처럼 나는 몰래 그 남자와 내 손을 펼쳐 서로의 손금을 이어보고 있었다. 이번만은 제발 빗나가지 않길. 부푼 희망을 안고서.

마지막으로 남은 스콘 하나를 반으로 쪼개 나눠 먹다가 서로 좋아하는 빵 이야기로 넘어갔다.

"참, 여행 가이드북에서 봤는데 체코에서는 뜨르들로가 그렇게 유명하다면서요. 한국에서도 먹어볼 수 있으려나."

그 남자는 곧바로 핸드폰을 꺼내 검색했다.

"여기 있네. 신촌에 있나 봐요. 벨라프라하, 라고."

벨라프라하.

나는 또, 처음 듣는 사람처럼 듣고 있었다.

"그러니까 넌 결혼이 싫은 거네." 그 애가 말했다.

나는 대답 없이 갓 나온 뜨르들로를 보며 그게 몇 층인지 세고 있었다. 하나, 둘, 셋, 넷. 4층이다. 이제는 탁자 위 굽이치는 나뭇결이 몇 겹으로 이루어졌는지 셀 차례다. 한 겹, 두 겹, 세 겹……. 커피가 싸늘하게 식어가고 있었다.

분명 시작은 좋았다. 카페에 걸린 프라하 사진들을 보며 다음 달 유럽 여행 일정을 세우는 것까지 정말 완벽했다. 그러나 한순간의 실수로 길을 잘못 들었다. 우리에게 브레이크는 없었다. 간혹 옆 사람들의 말소리가 끼어들었지만 우리의 공기가 어떤 소음마저 허용하지 않았다.

결혼이라는 것은 꿈을 접는 일이야. 어렸을 때부터 나는 그렇게 생각했다.

엄마, 아빠는 서로 첫눈에 반해 사랑했다. 영화 같았지만 그에 비해 결혼생활은 따분하고 고루했다. 촉망받는 신인배우였던 엄마는 결혼하고 일을 그만두었다. 연말 시상식에서 상을 받는, 한때 동료였던 배우들을 보며 엄마는 그 시절 얘기들을 들려주곤 했다. 꿈을 버리는 연습을 수없이 한 사람 같은 얼굴을 하고서.

꿈을 접은 것은 아빠도 마찬가지였다. 그토록 원했던 미국 박사과정 합격 통보를 받았으나 내가 생긴 이후 한국에 남기로 결심했다. 아빠는 평생 6시 기상, 6시 퇴근의 틀에 박힌 회사 생활을 했다. 주말이면 맥주 한 캔을 들고 미국 여행 다큐를 보는 게 전부였던 아빠.

엄마, 아빠가 꿈을 포기 안 했다면, 이라는 가정법은 무뎌진 현재를 콕콕 찌른다. 결국 두 사람의 꿈을 접고 접어 만든 완성작이 '나'라는 사람이라는 게 왠지 초라해 보였다.

나는 시계를 깨서 시침과 분침을 꽉 붙들었다. 행복을 유예하는 법. 남들이 꿈을 접고 있는 그 시간에 나는 꿈을 활짝 펴고 싶었다. 비록 언젠가 꿈을 접게 될지언정 지금은 펴는 시늉이라도 해보고 싶었다. 제법 그럴싸한 완성작이 나오길 기대하며. 너는 조금만 더 기다려 주길.

나는 그 애를 앞에 두고 천천히 자리에서 일어나 새로운 길로 나아갔다. 어떠한 방향으로 돌아가더라도 괜찮겠지. 언제나 마지막 도착지는 너일 것이라는 믿음. 나의 모험은

외투 주머니를 뒤집어 먼지를 터는 일만큼 사사로운 일일 것이라고 믿었다. 안일한 생각이었다. 등 뒤엔 모래알이 서걱거리는 황량한 벌판만이 존재한다는 사실을, 그땐 왜 몰랐을까. 너에게 돌아갈 길은 이미 사라졌다. 하늘에는 서서히 검은 구름이 밀려왔다.

그게 벨라프라하의 마지막 기억이었다.

— * — * — *

"미나씨는 도대체 무슨 얘기를 하고 싶은 거죠?"

내 시가 적힌 A4용지 끝부분이 축축해졌다. 땀에 젖은 손으로 한 시간 내내 종이를 꽉 쥐고 있었으니 종이 끝부분이 안 찢어진 게 다행일 지경이었다.

시를 쓴다는 것은 사유의 확장이자 동시에 한 사람의 삶과 세계를 구축시키는 일.

버스를 타고 집에 오는 길에 시 수업에서 선생님이 강조

했던 문장을 중얼거렸다. 합평 수업을 하면 할수록 나는 무너지고 다시 일어섰다. 버스 맨 뒷자리에 앉아 여태껏 내가 쓴 시들을 꺼내 다시 읊어봤다. 그것들은 별생각 없이 까르륵 웃으며 쌓은 모래성 같았다. 모래성은 거센 파도 한 번에 휩쓸려가기도 했고, 지나가는 사람들의 발에 밟혀 없어지기도 했다. 그 속에서 나는 파도가 굽이치는 바다를 숨죽이고 바라봤다. 치트키가 필요한 시점이었다.

나는 모래사장 위에 꿋꿋이 메고 있던 파란 가방을 내려놓았다. 그러고 나선 가방 지퍼를 열고 가장 밑바닥에 숨겨둔 '그럼에도 불구하고'라고 적힌 카드를 꺼냈다. 손바닥에 올려놓은 카드는 투명한 햇살을 받아 반짝거렸다. 희망이 보였다. 아직 모래가 있고, 성을 쌓을 만큼의 힘도 있다. 또 즐거운 마음으로 모래성을 쌓을 준비가 되어있다. 그거면 충분했다. 누군가 내게 시간이 지나면 다 없어질 텐데 왜 그리 열심이냐, 비난해도 상관없었다. 나는 나만의 방식으로 쌓아나갈 것이다. 바람이 휘몰아치고 성난 파도가 다가

와도 이제 두렵지 않다. 무엇보다 견고하게 단단한 작품을 만들 것이다. 한순간에 모든 것이 으스러지더라도, 나는 완성할 것이다. 영원히 잊을 수 없는 한 장면을.

갑자기 달달한 디저트가 먹고 싶어졌다. 나는 눈에 보이는 대로 카페에 들어가 메뉴판을 훑어봤다. 바닐라 라테와 딸기 쇼트케이크가 좋겠다. 주문을 하고 진동벨을 받았다.

창이 넓은 카페라서 오후 햇살이 그대로 카페 안까지 들어왔다. 맞은편 신호등이 초록불로 바뀌었다. 사람들은 종종걸음으로 횡단보도를 우르르 건너가고, 몰려왔다. 꼭 물결치는 큰 파도처럼 사람들이 밀려오고 쓸려가는 시간. 이 시간을 연속 촬영해 연결하면 우리는 머지않아 바다가 될 것이다.

탁자 위에 올려둔 진동벨이 울리자 팔꿈치부터 턱을 괸 손까지 떨렸다. 픽업 데스크에서 라테와 케이크를 가져왔다. 딸기 쇼트케이크를 조금 잘라 먹자마자 입안에서 사라졌다. 스펀지처럼 푹신한 시트에 부드러운 우유 생크림이 켜켜이 들어간 딸기 케이크. 아까 시 합평 시간의 긴장도 스르륵 함께 녹아내렸다.

다 먹고 마지막 딸기 하나가 남았는데 어디선가 그 애 목소리가 들리는 듯했다.

"마지막 딸기는 네 거야."

그 애는 항상 마지막 남은 딸기 하나를 포크로 밀면서 내게 양보했다. 그리고 나는 그 제안을 한 번도 거절한 적이 없었다.

오늘은 접시에 딸기 하나를 남기고 자리에서 일어났다. 내가 혼자 먹기엔 딸기가 너무 많았다.

**이제는
안녕이라고
말해야겠어요**

"야, 너 지금 뭐 해? 시간 있으면 광화문으로 잠깐 나와라. 할 말 있어."

수화기 너머로 들리는 다급한 주희의 목소리. 전화로는 말할 수 없는 이야기가 있으니 지금 꼭 만나자는 것이었다.

주희는 디자인 회사에 다닐 때 알게 된 기자 친구였다. 당시 나는 매일 보도자료를 써서 많은 언론사에 배포했는데, 주희는 그 수많은 언론사 기자 중에 꼭 답신을 주던 친구였다. 그녀는 매번 별것 아닌 보도자료에도 감사합니다, 라는 말과 웃는 이모티콘을 넣어 답을 해주었다. 그렇게 메일을 주고받다가 우연한 기회에 만나게 됐고, 어쩌다 보니 내가 회사를 그만둔 지금까지 마음을 터놓는 친구가 될 수 있었다. 나는 도서관에서 글을 쓰다 말고 주희가 말한 카페로 당장 달려갔다.

카페 창가에 주희의 얼굴이 보였다. 그녀는 블랙티가 담긴 잔을 만지며 생각에 잠긴 얼굴로 앉아 있었다. 나는 카페에 들어가서 그녀와 비슷하게 얼그레이 티를 주문하고 반가운 마음을 가득 담아 그녀에게 다가갔다. 그녀는 한껏 상기된 얼굴로 나를 쳐다봤다.

"나, 네 전 남친 봤어. 얼굴도 하얗고 잘생겼던데."

그녀의 첫마디에 나는 순간 말이 나오지 않았다. 잔을 탁자에 놓아야 하는데 너무 놀라서 허공에 계속 들고 있었다.

그 애와 나는 겹치는 지인이 없었기 때문에 그 애의 근황에 대해 죽을 때까지 알 길이 없었다. 설령 그 애가 시베리

아 벌판에 집을 짓고 산다고 해도, 나는 알 수가 없었다. 아니, 없다고 생각했다. 그러나 이제는 알 수 있다.

"그래?" 나는 아무렇지 않게 답했다.

"응. 나 문화부에서 사회부로 옮겼잖아. 한 달 전부터 네 전 남자친구 회사를 집중 취재하고 있었거든. 큰 회사라 사실 볼 수 없을 거라고 생각했는데 오늘 점심 먹으면서 걔를 봤어."

"어떻게 알았어?" 나는 점점 목소리가 흔들리면서 동시에 작아졌다.

"점심 먹는데 맞은편 대각선에 어떤 남자가 옆 사람한테 이름을 부르더라고. 네 전 남친 이름이 좀 특이하잖아. 기억하고 있었지." 그녀는 더 말을 이어 하려다가 입을 다물었다. 정적이 흐른 후 그녀는 무언가 말하려고 입술을 다시 씰룩거렸으나 또 아무런 말을 하지 않았다.

우리의 대화는 주희의 회사 이야기, 가족 이야기 같은 뜬금없는 화제로 바뀌었다. 한참 시간이 흐른 후에야 주희는 굳은 얼굴로 다시 그 애 이야기를 꺼냈다.

"그런데 이거 얘기해도 되려나. 걔, 결혼한대. 5월에."

"잘됐네." 나는 그녀의 말에 반사적으로 대답했다. 웃어야 한다, 웃어야 한다, 주문을 걸며.

"같이 밥 먹던 사람한테 슬쩍 물어봤거든. 그랬더니 걔를 잘 알더라고. 야, 그러고 보니까 우리 연초에 신년운세 봤던 거 기억나? 정말 맞는 게 하나도 없네."

겨울의 한가운데를 지나고 있었다. 그날 나와 주희는 을지로 골목에서 핸드드립으로 유명한 카페를 찾고 있었는데 아무리 찾아도 우리 눈엔 안 보였다. 분명 이쪽 골목이 맞는 것 같은데 싶으면 아니었다. 둘 다 핸드폰 지도 앱을 켠 채 그 부근에서 뱅글뱅글 돌았더니 핸드폰 배터리는 20퍼센트도 채 남지 않았다.

"우리 추운데 그냥 커피 마시면서 신년운세나 볼까?" 주희는 자리에 서서 낡아빠진 '사주카페' 간판을 가리켰다.

우리의 관심사는 누가 뭐래도 연애였다. 우리가 연애에 대해 입을 떼기도 전에 점술가는 모든 것을 알고 있다는 듯 우리의 눈을 지그시 바라보았다. 그는 내게 단호하면서도 담담하게 말했다.

아주 길고 긴 빨간 실이 보인다고. 언젠가 만나 진정으로 사랑하게 될 사람은 이미 만난 사람이라고. 혹 지금은 헤어졌더라도 반드시 만나게 될 인연이라고.

주희는 옆에서 그 애일 것 같다고 호들갑을 떨었지만 나는 믿지 않았다. 믿지 않길 잘했다. 도처에 선득하게 널브러져 있던 예감들은 슬프게도 언제나 맞았다.

주희는 회사로부터 급한 전화를 받고 나가고, 나만 덩그러니 있었다. 얼그레이 티백을 잔에서 꺼내는 것을 까먹었더니 쓰디쓴 차가 되었다. 마실수록 사약을 들이키는 것 같았다. 나는 내 영화 엔딩크레딧에 그 애 이름이 없다는 걸 일일이 확인하고 나서야 자리에서 일어설 수 있었다. 아무

것도 찾지 못한 채 쓸쓸한 표정으로 영화관을 나오는 관객 한 사람, 지금 나는 그 이상도 그 이하도 아니었다. 카페 문을 열고 나와 맞은편 정류장에서 472번 버스를 탔다. 무엇에 홀린 듯 서울백병원 정류장에서 내려서 걷고 걸었다.

명동성당에 가기 위해서.

그날은 이상했다. 늦게 일어나는 바람에 출근 시간이 촉박해서 머리를 덜 말리고 뛰어나갔다. 심지어 화장할 시간도 없어서 종일 맨얼굴에 부스스한 머리로 있었다. 오전 시간은 더디게 흘렀다. 달력을 보다가 지난주에 예약한 치과에 가기 위해 회사에 오후 반차를 썼다. 광화문 회사 근처에서 치과 치료를 끝낸 후 또 홀린 듯이 472번을 타고 명동으로 갔다.

다시 회사에 들어가지 않아도 된다는 여유로움이 날 여기로 이끌었다. 사람이 북적이는 명동 거리를 걷는 게 좋았다. 명동은 슬렁슬렁 시간을 보내기 좋은 곳이었다. 걷다

보니 어떤 손수레 위에 귀여운 고양이가 그려진 핑크색 양말이 눈에 띄었다. 나는 지체 없이 양말 몇 켤레를 골라 돈을 냈는데 상인이 웃으며 말했다.

"오늘 첫 손님이네요. 행복한 하루 보내세요."

지나가는 말일 뿐인데 '행복'이라는 단어가 귓바퀴를 맴돌았다. 모퉁이 길을 돌아 한참을 걸어 명동성당으로 올라갔다. 조금 숨이 차서 앉고 싶었지만 성당 뒤편에 벤치가 있는 걸 알아서 그대로 갔다. 세례를 받은 것도 아니고, 종교 자체를 가지고 있지 않았지만 마음이 답답하거나 쉴 곳이 필요할 때는 명동성당을 종종 찾곤 했다.

그날도 별생각 없이 그곳에 갔다. 그저 쉬기 위해서였다. 빠른 걸음으로 걷다가 다시 숨을 고르며 천천히 걸었다. 김대건 신부 흉상이 눈에 들어왔다. 이제 여기를 지나면 벤치가 보일 것이다.

"저기요. 아까 양말 고르실 때부터 봤는데요. 혹시 전화번호 좀······."

뒤를 돌아보니 티 없이 맑은 얼굴을 한 남자애가 서 있었다. 아주 잠깐의 시간이었지만, 나는 그 애를 찬찬히 바라보았다.

갈색 부드러운 머리칼,
하얀 피부에 조금은 볼이 붉어진,
다정하지 못한 이 세계에서
나의 말을 알아들을 수 있을 것 같은,
자신의 생의 시간을 쪼개어 기꺼이 건네줄 것 같은,
그런 사람.
그 애가 그런 사람임을, 나는 한눈에 알아볼 수 있었다.

사실 저번 주도, 바로 어제도 내게 전화번호를 묻는 사람들은 꽤 많았다. 특별히 예쁘게 생긴 것도 아닌데 쫓아오는 사람들을 보면 조금 신기하기도, 의아하기도 했다. 심지어 종로 3가에서 열 정거장을 지나 마을버스를 함께 타고 우리

집 근처까지 쫓아온 사람도 있었다. 나는 그때마다 그들에게 하는 말이 있었다.

"좋은 인연 만나세요."

사람들은 그 문장을 안고 어디론가 뿔뿔이 사라졌다. 다들 정말 좋은 인연을 찾았을까, 가끔 궁금하기도 했지만.

이번엔 달랐다. 그 애를 본 순간 내 귀에 종소리가 들렸다. 저녁 미사 시간도 아닌데, 종소리가 분명히 들렸다.

운명론자는 아니지만 운명을 믿고 싶은 순간이 있다면 바로 지금이었다. 거부할 수 없는 운명의 소용돌이 한가운데서 나는 조용히 순응할 뿐이었다. 내가 살면서 단 한 번도 하지 않던 일을 나도 모르게 하고 있었다. 그 애 핸드폰에 내 전화번호를 찍어주는 일.

나는 그렇게 그 애와 처음 만났다.

명동성당 앞에 와보니 예전과 똑같았다. 언젠가 그 애는 여기에 서서 내게 이런 말을 했다. "우리가 만약에 어떤 일이 생겨서 헤어지게 된다면 말이야. 아무리 오랜 시간이 흐르더라도, 정말 수많은 군중 속에 네가 있더라도 난 널 꼭 찾아낼 거야. 그러면 우리 명동성당에서 그날 결혼하자. 알았지?"

심장이 터질 것처럼 두근거렸던 그때 그 시간들.

나는 또, 유효기간이 지난 말들을 추억하고 의미를 부여하며 밑바닥에 남은 슬픔까지 긁었다.

오늘은 일부러 성당에서 내려와 양말을 파는 손수레까지 걸어봤다. 거리가 꽤 길었다. 그 애는 나에게 말을 걸기 위해 이만큼의 거리를 걸었구나. 다시는 돌이킬 수 없는 시간을 되돌려보니 이상하게 반가운 마음이 들었다. 오랜만이야, 인사하고 싶은 그런 마음. 그 무렵 우리는 무구한 얼굴을 하고 서로의 문장을 받아 적는 일에 열중했다. 문장들을 함께 읽고, 함께 띄어 쓰며, 함께 마침표를 찍었어야 했는데 그러지 못했다. 결국 거대한 괄호 속을 서로의 이해하지 못한 문장으로 채운 것이 화근이었다.

한참 길을 걷다 보니 괄호 안에서 나온, 갈 길 잃은 문장들이 드문드문 보였다. 나는 그것들을 챙겨 들고 유유히 집으로 향했다.

 세상의 모든 슬픔마저 얼려버릴 정도로 추운 겨울의 끝자락을 지나고 있었다. 지방 신문사로부터 전화 한 통을 받았다. 신춘문예에 보냈던 시가 당선됐다는 연락이었다. 당선 소감을 쓰는 내내 믿어지지 않았다.
 나의 시를 한 자 한 자 정성스레 읽어주는 사람이 있다는 것이, 나의 시 세계를 이해하고 기꺼이 방문해 주는 사람이 있다는 것이 감격스러웠다.
 주희에게 제일 먼저 소식을 전해야겠다는 생각에 주희가 있는 곳으로 달려갔다. 주희는 취재차 신논현역 근처에 있었다. 그 근처 카페에서 주희가 오기를 기다리고 있었는데, 외투 주머니에서 핸드폰 진동이 계속 울렸다. 당연히 주희의 전화일 것이라 생각하고 핸드폰을 꺼내니 그 애 이름이 보였다.

전화는 얼마 지나지 않아 끊겼다. 내가 잘못 봤는가 싶어 통화기록을 찾아 확인해 보다가 통화버튼이 눌려 그 애에게 다시 전화를 걸었다. 곧 끊어버렸지만 조금 걱정이 됐다. 혹시 그 애 부모님이 아프신가, 혹시 무슨 일이 있는 걸까. 그 애가 뜬금없이 지금 전화를 건 이유는 뭘까. 수많은 의문이 뭉게뭉게 피어오를 때쯤 주희는 손을 흔들며 내게 다가왔다.

주희를 만나는 20분 동안 무슨 얘기를 했는지 기억이 나지 않았다. 대화하는 내내 머릿속엔 온통 그 애 이름이 맴돌 뿐이었다. 주희는 다시 취재하러 나가고, 나는 아메리카노를 한 잔 더 주문했다. 자리에 앉아서 카페 창밖을 바라보는데 그 애에게서 문자 한 통이 왔다.

'잘 지내지? 전화번호부를 보다가 잘못 눌렀어. 미안.'

짧다면 짧고 길다면 긴 문장.

축하해. 좋은 사람 생겼다고 들었어, 라고 썼다가 도로 지웠다.

사실 그 애에게 하고 싶은 말은 많았다.

나 드디어 신춘문예에 당선됐어. 네가 잘될 거라고 항상 그랬잖아. 용기 줘서 고마워. 덕분에 포기하지 않고 계속 글을 쓰게 됐네.

참, 우리 아파트에 사는 고양이 초롱이 기억나지? 애석하게도 초롱이 이제 그 자리에 없어. 한 달 전에 크게 다쳐서 병원에서 수술받고 보호소에 있거든. 아마 다른 집으로 입양 간다고 하더라고. 초롱이 주려고 사둔 간식들은 기부를 해야 하나, 고민 중이야.

또 기억나? 나 매주 토요일이면 신촌에서 시 수업 들었던 거. 시 수업하시던 선생님이 갑자기 미국에 가시게 되어서 그 수업은 폐강이 됐어. 토요일마다 우리가 자주 드나들던 신촌 스타벅스도 이젠 갈 일이 없네.

그리고 내가 좋아하는 백화점 옥상정원 알지? 거기선 남산타워가 한눈에 보였잖아. 그런데 얼마 전부터 백화점 앞

아파트들이 재건축을 해서 남산타워가 아예 보이지 않아.

한강도 조금밖에 안 보이는 거 있지. 너무 슬픈 일이야.

맞다. 최근에 우연히 지나가다가 봤는데, 명동 스테이트타워에 우리가 갔던 숨겨둔 맛집도 없어졌더라고. 모든 게 없어졌어. 너와 함께했던 좋은 풍경들은 다 사라지고 말았어.

아마 점차 사라지겠지. 내 기억 속에서도 모두 그렇게.

생각해 보니 사실 그 애와 하고 싶은 것도 많았다.

놀이공원에 가서 귀여운 머리띠를 쓰고 데이트도 하고 싶었고, 함께 여수 밤바다도 보고 싶었다. 모래사장을 맨발로 거닐며 지나가는 파도에 우리 사랑을 속삭여야지. 문득 바다 앞 평상에 누워 이어폰을 한 쪽씩 나눠 끼고 우리가 좋아했던 음악을 끊임없이 듣고 싶었다. 또, 오래된 서점에 가서 내가 좋아하는 책을 사서 선물하고 싶었다. 너는 분명 귀찮아서 안 읽을 테니 매일 네가 자기 전에 옆에서 한 구절씩 골라 읽어줘야지. 우리 결혼사진을 어디에 걸까, 투덕거리기도 하고 아침 신문은 누가 먼저 볼까, 가위바위보도 하고 싶었다. 지는 사람은 뽀뽀해주기. 아침마다 내가 차려준 밥은 맛있게 먹으면 좋겠다. 밤에는 손잡고 한강 산책도 가고 싶었고, 반짝반짝 빛나는 남산타워를 보며 '우리 다음에는 저기서 타임캡슐 써놓고 오자', 그런 약속도 하고 싶었다. 그리하여 매해 남산타워에 가서 타임캡슐을 써놓고 지난 타임캡슐은 찾아오고 싶었다.

토요일엔 네가 좋아하는 떡볶이 맛집을 찾으러 다니고, 일요일엔 내가 좋아하는 예쁜 카페를 찾으러 다닐 것. 그리고 우리가 가고 싶었던 프라하…. 프라하에 가면 카프카 박물관도 가보고 카프카 원서도 사고 싶었다. 우리 집 책장에 멋있게 꽂아 놓을 거야. 네가 가자고 했던 카페 루브르도 가자. 커피는 당연히 맛있겠지. 프라하에 있는 한인 LP 바에 가서 우리가 그곳에서 듣기로 약속했던 노래를 신청해야겠다. 알레프의 〈빙그르르〉, 이 곡을 너와 함께 그곳에서 듣고 싶었다.

그리고 프라하를 떠나기 전 간절한 마음으로 소원을 빌어야지. 너와 함께 꼭 다시 오게 해달라고.

하지 못한 말, 하지 못한 것들이 자꾸 떠올랐다. 사라지는 것들에 대한 연민, 절실함 또는 간절함에 대해 생각했다. 시간이 흐르면 이 모든 것들은 아득한 풍경이 되리라. 그럼에도 아마 두고두고 후회할 것이다. 그 애와 원 없이 사랑하지 못한 것을. 그사이 낮이 저물고 분홍빛 노을이 피어났다. 나는 눈을 크게 뜨고 창문에 이마를 기댔다. 황혼의 빛은 나와 가까운 거리에 있었으나 동시에 아주 멀게 느껴졌다. 이윽고 온 세상이 까맣게 물들 때까지 나는 그 카페에 계속 앉아 있었다.

그 애의 문자에는 아무 답변도 못 했다. 시간은 그렇게 계속 흘러갔다.

새로운 신호를
감지했습니다

어떤 이야기가 있어.

— * — * — *

달이 휘영청 뜬 날이었다. 월하노인은 툇마루에 걸터앉아 세상 사람들의 혼인이 적힌 두꺼운 책을 들었다. 그러고 나서 바지 옆에 차고 있던 주머니를 찾아 서로 엉킨 빨간 실들을 꺼냈다. 노인이 실을 고르며 빼는 데 갑자기 주위가 어두컴컴해졌다. 그사이 구름 뒤로 달이 숨어버린 모양이다. 노인의 뺨을 스치는 날카로운 바람도 뒤따라 불었다. 그 때문에 아까 잘 펴놓은 책장마저 휘익 넘어갔다. 노인은 실을 주머니에 다시 집어넣고 별 하나 보이지 않는 까만 하늘을 바라보았다.

"다시 달이 오기까지 한참 걸리겠네."

노인은 한숨을 쉬며 말했다.

그는 장작을 가져와 모닥불을 피우기 시작했다. 불씨가 조금씩 일어나자 나무 상자를 하나 가져와 그 앞에 앉았다. 툇마루에 놔둔 책을 다시 가져와 무릎 위에 두고 바람 때문에 넘어간 책장을 찾았다. 노인은 한참을 고민하다가 엄지와 검지로 사람들의 이름을 짚으며 하나, 두울, 세엣, 조용히 읊조렸다. 돌아오지 않을 것 같던 달은 다시 고개를 내밀었고 밤은 그렇게 흘러갔다.

나뭇가지가 흔들리는 소리와 함께 따뜻한 바람이 불어왔다. 주위가 환해졌다.

노인은 천천히 눈을 떠서 조금 찡그린 채 하늘을 바라보았다. 그곳에 있던 달은 이미 없어졌고 해가 대신 그 자리를 차지하고 있었다.

바닥에는 반쯤 타버린 책이 뒹굴고 있었다. 노인은 놀란 마음에 얼른 책을 주웠으나 이미 까만 재가 된 부분은 어찌할 도리가 없었다. 앞부분도 드문드문 타는 바람에 글씨가 제대로 보이지 않았다. 아마 작은 불씨들이 바람에 날려서 부분 부분 정착했을 것이다. 책을 아무리 들여다보아도 이름은 다시 살아나지 않았다.

'다시 쓰려면 꽤 걸릴 텐데…. 이번 달은 어쩌누.'

노인은 책을 꼭 쥔 채 허탈하게 웃었다.

— * — * — *

"들어봐, 그러니까 내가 하필이면 그해 그달에 태어난 거야. 내 이름이 책에서 다 타버린 부분에 있던 거였지. 난 처음부터 빨간 실로 연결된 인연이 없는 거였어.

안 그래? 그렇지 않고서 이렇게 못 만날 리 없잖아. 아니, 아니. 화내는 건 아니고. 그래도 다행인 건 말이야. 책에서 타버린 부분은 꽤 많았어. 그중 내가 인연을 찾아서 직접 빨간 실을 묶는 것. 그게 월하노인이 준 내 업이 아닐까. 난 그렇게 생각해."

나는 술잔을 내려놓으며 말했다. 진지하게 얘기를 듣던 친구들 사이에서 와하하 웃음이 터졌다. "나도 그런 것 같아." 다들 외치면서. 우리는 벌써 주희가 가져온 화이트 와인 두 병을 비웠다. 주위를 보니 혜영은 술이 부족하다며 사케 메뉴들을 뚫어지게 쳐다보고 있었고 그 앞에 앉은 지수는 조금 취한 듯 눈을 슬쩍 감고 옆 스피커에서 작게 흘러나오는 음악을 듣고 있었다.

주인아저씨는 우리에게 오랜만이라고 모찌리도후를 서비스로 주셨다. 모찌리도후는 쫄깃하면서도 부드러운 식감의 두부였다. 주희는 젓가락을 들고 조심스럽게 두부를 네

등분했다. 나는 와사비 조금을 덜어 두부 위에 올리고 참깨 간장 소스를 살짝 찍어 먹었다. 행복을 무한대로 넘어서는 기분. 와인잔에서 사케잔으로 바꾸는 동안 나는 기울어지는 고개를 손으로 받히고 잠시 생각에 빠졌다.

"참, 미나는 그 변호사 잘 만나고 있어?" 지수는 갑자기 무슨 깨달음을 얻은 사람처럼 눈을 크게 뜨고 내게 물었다. 나는 고개를 저었다.

"아니, 몇 번 만났는데 아닌 것 같아서……. 나는 말끝을 흐렸다.

다행히 이 타이밍에 혜영이 고심 끝에 주문했던 사케가 나왔다. 우리는 술잔을 부딪치며 방금 나눈 이야기들과 간격이 벌어졌다. 머리를 숙이고 문자를 보던 주희는 고개를 휙 들어 생기 넘치는 눈으로 우리를 쳐다봤다.

"나 베를린 가고 싶다."

주희는 대밭에서 '임금님 귀는 당나귀 귀'를 외치는 사람처럼 소리쳤다. 주희의 뜬금없는 말에 다들 의아한 눈빛을 보냈다. 그러자 주희는 핸드폰에서 시선을 떼지 않고 상황을 설명하기 시작했다.

베를린 공대에 다니는 친구에게서 지금 연락이 왔는데 그 친구가 1년간 한국에서 인턴을 한다는 것이었다. 그 친구가 한국에 있는 1년 동안, 주희는 회사 휴직을 하고 친구가 살던 베를린 집에서 머물며 마음껏 여행 하고 싶다는 얘기를 했다.

"말도 안 돼." 우리는 입을 모아 얘기했다.

"알아. 말도 안 되는 얘기라는 거. 그냥 생각도 못 하냐."

주희는 쓸쓸한 웃음을 지으며 그 자리에 엎드렸다.

바깥에는 좁은 차도에 차가 뒤엉켜 쉼 없이 클랙슨이 울려 퍼졌다. 나는 사케 병을 들고 모두에게 마지막 잔을 공평하게 채웠다. 살짝 어지러웠지만 찰랑거리는 술잔을 눈 앞에 두니 내게서 어떠한 용기가 차 올라왔다. 모든 것을 새롭게 시작할 수 있으리라는 열망 같은 것도 느껴졌다. 내 앞에 툭 하고 던져진 뭔가를 주워야겠다. 지금 이 순간을 절대 놓쳐서는 안 된다.

나는 허공에 손을 곧게 뻗고 말했다.

"베를린, 거기 내가 갈게."

주희는 슬슬 허리를 펴고 일어났다.

"그럴래? 하긴 넌 거기 가서 시 쓰면 되겠다. 네가 가면 걔한테 얘기해 놓을게."

벌써 취했는지 내 눈엔 세상이 조금씩 뭉개져 보였다. 어쩌면 옆 테이블로부터 느적느적 넘어오는 담배 연기 때문인지도 모르겠다. 우리는 쉴 새 없이 각자 주머니 속에서 자꾸만 나오는 이야기보따리를 풀고 또 풀었다. 그 무엇도 두렵지 않은 시간. 늘 배를 부여잡게 했던 허기가 행복으로 가득 채워지는 시간이었다. 아름다운 밤이었다.

너의 세계에서
여전히

아이스 카라멜 마키아또 한잔을 주문하고 자리에 앉았다. 카라멜 마키아또는 스타벅스에 가면 내가 늘 주문하는 음료였다. 같은 스타벅스, 같은 음료, 그러나 음료를 손에 쥔 배경이 완전 달라졌다. 서울에서 베를린으로.

이곳 공기는 한국에 비해 무척이나 건조하고 싸늘했다. 새벽에 일어나면 베란다로 나가 찬 공기 속에서 콩콩대며 베를린의 망막한 하늘을 바라보는 게 일상이 됐다. 신기하게 베를린에서는 만나는 사람들마다 모두 친절하고 따스했다. 도움을 청하면 누구든 내 일처럼 와서 이야기해 줬다. 이제 베를린에 도착한 지 갓 일주일이 됐으니 속속들이 알지 못하지만, 최소한 여기 사람들의 마음 온도는 차디찬 날씨에 비해 높다는 것, 그것 하나는 확실했다. 그래서인지 적응하는 데는 큰 무리가 없었다.

주희 친구 집도 시내 한가운데 있었으므로 걸어서 10분 이내에 생필품점과 은행, 카페들이 줄지어 있었다. 물건 사기가 꽤 수월했고 공항에서 받아온 베를린 관광지도가 워낙 세세하게 그려져 있어서 가고 싶은 곳들은 우반을 타고 금방 갈 수 있었다.

오늘 내가 앉은 곳은 통유리창 바로 앞이라 바깥이 훤히 보였다. 길 중간에 노란색 트램이 느릿느릿 지나간다. 트램은 정확히 15분 후면 또 올 것이다. 조금 있다가 브란덴부르크 문에 가보려고 트램 시간표를 외워뒀기 때문이었다. 오늘따라 맞은 편 샌드위치 가게에 들어가는 사람들도 많았다. 점심시간이라 사람들이 몰리는가, 싶어 손목시계를 보는데 뒤에서 낯익은 한국 사람 목소리가 들렸다.

"감독님, 그래서 오늘 촬영 안 해요? 어제 괜히 밤새워서 대사 다 외웠네."

"촬영 허가가 떨어져야 하는데 아직 공문을 못 받았다니까. 그저께 스태프 말로는 다 됐다더니…. 답답하네. 진짜."

"그럼 그동안 놀러 다녀도 돼요? 나 여기 지도에 표시해 둔 곳들 다 가고 싶은데."

"지금 사람 열받게 할래?"

두 남자의 대화를 엿듣다가 피식 웃음이 나왔다. 톰과 제리가 말을 할 수 있다면 이런 대화를 나눌 것 같았다. 옆에서 카페 문이 활짝 열리고 바닥에 굴러다니는 바스락거리는 낙엽 소리와 함께 찬 바람이 불어왔다.

가슴이 서늘해졌다. 맞다. 지금 남의 대화나 몰래 들으면서 킥킥거릴 여유가 없다. 우선 어제 쓰던 시를 마무리 짓고, 지난주에 출판사가 요청한 시집 목차를 최종 완성해야

한다. 노트북 전원을 얼른 켰다. 어제 쓰던 시 위에 까만 커서가 깜빡거리고 있었다. 마치 초록색 불이 깜빡거리는 신호등 앞에 선 기분이 들었다. 건널목 앞에서 발을 내딛을까, 말까 고민하다가 결국 그 자리에 멈춰버리는 사람. 그 사람은 어디에 두고 온 건 없는지 혹여나 놓친 게 있는지 발을 동동 구르며 자꾸 뒤를 본다.

"저기, 한국분이세요?" 한창 집중하고 있는데 누군가 말을 걸어왔다. 옆을 보니 두 남자가 서 있었다. 동그란 안경 쓴 남자와 까만 선글라스를 쓴 남자.

나는 고개를 끄덕였다. 안경 쓴 남자는 내게 영화 촬영 공문을 어떻게 받는지 아냐고 물었다. 모른다고 답했더니 선글라스 쓴 남자는 들고 있던 지도를 펼치며 베를린 돔에 어떻게 가는지 물었다. 그곳은 며칠 전에 내가 갔던 곳이니 정확하게 말해줄 수 있었다.

"여기서 두 블록 정도를 걸으면 운터덴린덴 버스 정류장이 나와요. 거기서 100번이나 300번을 타고 두 정거장 후에 내리면 되거든요. 뮤제움인젤이라는 정류장, 거기요. 만약에 교통카드 없으시면 걸어가도 되고요. 여기서 안 멀어요. 천천히 걸어도 한 15분 정도밖에 안 걸릴걸요?"

"혹시 바쁘지 않으시면 저와 같이 가주실 수 있으신가요?" 그는 선글라스를 벗어서 셔츠 주머니에 꽂으며 말했다.

선글라스를 벗은 그의 얼굴을 보는 순간 요즘 뜨고 있는 콜드브루 커피 광고가 생각났다.

"나랑 같이 갈래요? 우리만의 카페." 그는 광고에서 이런 대사를 했다. 광고 속 대사와 지금 내게 한 말이 비슷해서 조금 웃겼다. 그가 같이 가자면 지구 끝까지 가야 할 것 같은 느낌. 지구상의 어떤 여자도 거절할 수 없게 만드는 매력을 가졌다. 장은우는.

맞다. 지금 내 눈앞에 있는 사람은 바로 장은우였다.

"미쳤어. 은우야, 너 지금 놀 때가 아니야. 잠깐만. 전화 오네." 안경 쓴 사람은 진동이 울리는 핸드폰을 바지 주머니에서 꺼내면서 카페에서 나갔다.

"감독님은 신경 쓰지 말아요. 아마 오늘 촬영은 물 건너 간 것 같으니까." 장은우는 자신만만한 표정으로 내게 말하더니 이내 카페 문을 열고 나갔다. 그는 한자리를 맴돌며 감독의 통화가 끝나기만을 기다렸다. 그 두 사람을 계속 지켜봤다. 그러다 문득 내 할 일이나 하자는 생각이 들어 다시 까만 커서에 집중했다. 나는 할 일이 아주 많다. 글을 써야 한다. 얼음이 반쯤 녹아 미끄덩한 카라멜 마키아또를 마셨다. 다시 정신이 바짝 들길 바라며.

"다 해결됐어요. 같이 가죠."

내 어깨를 툭 치며 장은우가 말했다. 나는 잠깐의 망설임 끝에 노트북을 덮었다. 그래도 영화 같은 순간을 잡은 것 같아서, 조금 기뻤다. 내색하지 않았지만.

"파란 가방에 노트북 들었죠? 무겁지 않아요?"

장은우는 먼저 계단을 올라가는 내게 걱정스럽게 말했

다. 베를리너 돔 전망대는 좁은 계단으로만 올라갈 수 있었다. 전에도 올라갔지만 이들과 함께 오늘 또 올라갔다.

"전 괜찮아요." 나는 쌕쌕거리는 숨을 가다듬고 등에 멘 파란 가방을 양손으로 꽉 쥐었다.

올라오니 날씨가 흐렸던 지난 금요일과는 또 다른 느낌이었다. 오늘은 평일인 데다 점심시간이 지나서 거리는 눈에 띄게 한산했다. 저 멀리 보이는 슈프레강은 쨍한 햇살을 받아 다이아몬드 가루처럼 빛났다. 구름 한 점 없는 파란 하늘을 올려다보니 그 어떤 고민도 없어지는 기분이었다.

우리는 전망대에서 내려와서 근처 기념품샵으로 갔다. 베를리너 돔은 독일에서 가장 큰 교회라서 그런지 기념품샵에선 영어로 된 성경책들도 팔고 있었다. 좋은 성경 구절들을 모은 책도 있어서 생각 없이 펼쳤는데 어떤 문장이 눈에 보였다.

I AM WHO I AM.

나는 스스로 존재하는 사람.

그래, 미나야.

당당하게 서 있자.

내 이름은 이미나.

그래. 이미, 나였음을.

흘러가는 문장을 잡아서 다짐하고 또 했다. 어떤 일에도 감정 표현을 잘 안 하고 뒤로 숨었던 나 자신을 반성하며.

"이제 밥 먹으러 갈까요?" 감독은 추위에 약간 김이 서린 안경을 고쳐 쓰며 말했다.

내가 저번에 찾아둔 근처 이탈리아 레스토랑을 제안했더니 두 사람 다 흔쾌히 수락했다. 레스토랑은 정말 가깝게 있었다. 핸드폰 지도 앱을 켜보니 지금 있는 곳에서 200미터 거리였다. 저번에는 사람이 많아서 가길 포기했는데 오늘은 별로 사람이 없어서 다행이었다. 나는 웨이터로부터 메뉴판을 받아 정독했다. 장은우는 내가 들고 있던 메뉴판을 흘깃 보더니 파스타 알 페스토를 골랐다. 감독은 페퍼로니 피자와 레드 와인 한 병을 주문했다.

"바질 페스토 좋아하세요? 파스타 알 페스토를 금방 고르시네요." 나는 내 앞에 있는 포크와 나이프를 다시 가지런히 놓으며 장은우에게 물었다.

"네. 바질 페스토를 너무 좋아해서 집에서도 만들어 먹어요. 감독님, 저번에 우리 집 왔을 때 드셔봤죠?" 장은우는 감독을 쳐다봤다.

"응. 네가 만든 초록색 파스타 맛있더라고." 감독은 고개를 끄덕이며 대답했다.

따끈한 음식들이 줄줄이 나왔다. 천장에는 노란색 조명이 달려있어서 음식이 조금 더 먹음직스럽게 보였다.

감독은 음식을 앞에 두고 지금 촬영하고 있는 독립영화에 대한 열변을 토했다. 감독이 말하길, 요즘은 많이 나아졌다고 하지만 제작 지원을 받기가 여전히 어렵고 대형 기획사의 콘텐츠를 주로 수급하는 OTT 시장에서 독립영화가 나아가야 할 길은 멀고 험하다는 것이었다.

한참 영화 얘기에 몰입하던 감독은 돌연 내가 뭐 하는 사람인지 궁금해했다. 아마 그의 이야기에 맞장구를 잘 쳐서 더 궁금해했을지도 모른다. 나는 이곳에 석 달 정도 머무를 계획이고, 시를 쓰는 사람이라는 정도로 소개했다. 그러자 장은우는 놀란 눈으로 나를 쳐다봤다.

"우리가 만난 게 운명이네. 운명. 우리 영화제목이 뭔지 알아요? 〈사랑이 시라면〉 이거예요." 장은우는 조금 흥분하며 말했다.

"신기하네요." 나는 웃으며 대답했다.

"제가 거기서 시인 역할이거든요. 배역 이름은 카프카고요."

약혼과 파혼을 거듭하며 비극적인 삶을 살았던 프란츠 카프카. 그가 사랑 시를 쓴다면 어떤 느낌일까.

이맛살을 찌푸릴 정도로 파국의 시가 나올 것인가.

나는 고개를 저었다. 카프카도 연인과 어깨를 가까이하며 걸었던 시간이 있었을 것이다. 칠흑같이 어두운 밤하늘에 어설프게 보이는 별 하나를 가리키며 연인의 귀에 사랑을 속삭이던 시간이, 카프카에게도 분명히 있었을 것이다. 생각을 더 할수록 사랑이 넘치던 카프카의 그 시절 그의 언어가 무척이나 궁금해졌다.

감독은 갑자기 스태프로부터 연락을 받고 디저트도 먹지 못한 채 허겁지겁 나갔다. 정적이 흘렀다.

"그럼 미나 씨가 우리 영화를 위해 시 한 편 써주실래요?" 장은우는 내 와인 잔에 와인을 가득 채우며 말했다. 그는 마치 계약이 성사되어 축하주를 따르는 사람 같았다.

"글쎄요. 시를 쓴다는 건 다른 이 눈에는 쉬워 보일 수도 있지만 실상은 쉽지 않은 일이죠. 시가 계산대 영수증처럼 버튼만 누르면 줄줄 나오는 건 아니니까요." 나는 그렇게 말하고 싱겁게 웃었다.

"꼭 시가 아니어도 좋아요. 떠오르는 생각이나 단어, 문장 같은 것들도 좋고요. 영화 중간에 제가 시를 쓰는 장면이 종종 나오는데 그때마다 뭘 써야 할지 난감했거든요. 이건 비밀인데 그 장면을 찍을 때면 하얀 백지에 다음 말할 대사를 쓰기도 하고 그날 아침에 본 뉴스를 쓰기도 하고요. 정말 웃기죠? 미나 씨가 좀 도와줘요." 장은우는 가방에서 대본을 꺼내 내게 건넸다. 대본 맨 앞에는 〈사랑이 시라면〉 여섯 글자가 또렷이 적혀있었다.

"그래요. 그럼." 나는 대답했다.

나는 장은우가 대스타로 성장했음에도 독립영화의 끈을 놓지 않는 것이 신기하게 느껴졌다. 아니, 기특하기까지 했다. 앉은 자리에서 한 시간 넘게 대화하면서 장은우의 깊은 생각을 들어볼 수 있었다. 장은우는 독립영화가 자신의 고향 같은 곳이라고 했다. 세계적으로 제일 잘 나가는 넷플릭스 영화도 찍고, 국내에서 내로라하는 광고도 모조리 찍었지만 결국 그가 잊지 않고 다시 돌아가야 할 곳은 독립영화판이었다. 그러고 보니 저번에 장은우 졸업 작품을 검색해 본 것이 불현듯 떠올랐다.

"참, 학교 졸업 작품으로 〈갈매기〉를 상연하셨더라고요. 저도 체홉 희곡 좋아하는데 반가웠어요."

"아, 〈갈매기〉. 여태껏 제가 공연한 작품 중에 그 작품이 가장 아쉬웠어요. 영화 촬영과 겹쳐서 대사를 외울 시간이 없었거든요. 몇 번 대사를 우물거렸는데 연극이 끝나고도 계속 신경 쓰이더라고요. 참, 그날 진짜 웃겼는데······." 장은우는 터진 웃음을 참으며 말했다.

"왜요? 무슨 재밌는 일이라도 있었어요?" 나는 물었다.

"맨 앞줄에 앉은 남자애가 그렇게 졸더라고요. 1막부터 자는 사람은 정말 처음 봤어요. 그런데 더 웃겼던 건 3막쯤 되니까 그 애와 함께 온 친구도 졸더라고요. 둘 다 자면서 고개를 하도 끄덕이니까 대사뿐만 아니라 무대 동선도 헷갈릴 지경이었다니까요. 나중에 알고 보니 걔네 둘 다 서연이 친구들이었어요. 아, 그때 서연이 연기 잘했는데······. 서연이는 요즘 뭐하려나."

바래진 시간 속에서 무릎을 탁 치게 만드는 결정적 장면.

문득 그 애에게 썼던 부치지 못한 편지들을 떠올렸다. 일 년이면 될 것이라 생각했다. 편지들을 갈기갈기 찢어서 버릴 시간은 그 정도면 충분했다. 그 편지들을 수없이 어디론가 내던졌으나 조각난 잔상들은 여전히 내 안에서 나뒹굴었다. 그로부터 수많은 계절이 지났음에도 나는 여전히 여기, 한겨울에 살고 있었다. 한 줌의 빛을 받아 자라나고 시들기를 반복하는 사람처럼 고개를 끄덕거리며.

겨울잠을 자는 짐승들 옆에서 눈이 쌓이고 녹는 것을 가만히 지켜보고만 있었다. 땅바닥을 짚은 손바닥에 미약하게 꿈틀거리는 봄의 태동이 닿길 바라며 나는 계속 이곳에 머물러있었다. 시간은 속절없이 흘러갔다. 내가 한때 소유했던, 영원할 것만 같았던 장면들이 차츰 사라졌다. 나는 언 땅바닥에 뺨을 대고 누웠다. 어떠한 미동도 느껴지지 않았다. 지금 내가 할 수 있는 일은 삶 속에서 전혀 기대하지 못했던 그 애의 장면들을 수집하는 것뿐.

그 애의 세계 속에서 여전히 살고 있었다. 나는.

운명이
우연이라는 이름으로
두드렸다

 카페 창밖으로 장은우가 손을 흔들었다. 시계를 보지 않아도 알 수 있었다. 지금은 오후 세 시라는 것을.
 우리는 이렇게 일주일 내내 만났다.
 "오늘 촬영은 잘했어요?" 나는 물었다.
 "네. 미나 씨가 써준 시 덕분에 감정 몰입을 잘한 것 같아요. 오늘 감독님한테 감정선이 좋다고 칭찬까지 받았는걸요." 그는 자랑하는 투로 말했다.

우리는 오후 세 시, 매일 두 시간씩 한 테이블에 앉아 커피를 마셨다. 슈타트미테에 있는 아인슈타인 카페는 커피 향이 일품이었다. 특히 그곳 카푸치노는 짙은 아로마 향과 부드럽고 고운 우유 거품의 밸런스가 좋았다.

오늘도 나는 어제처럼 카푸치노와 크루아상을 주문했다. 장은우는 조금 고심하더니 아인슈패너와 사과파이를 골랐다. 우리는 다시 자리에 돌아와 앉았다. 늘 그러하듯 나는 시를 썼고 그는 다음날 촬영할 대사를 외웠다.

바리스타가 앞에 나와서 사이드 창문의 블라인드를 모두 걷기 시작했다. 카페 안으로 햇빛이 쏟아져 들어왔다. 이 시간의 햇빛은 언제나 내일을 기약하며 마지막으로 불타올랐다. 나는 시를 쓰다 말고 장은우를 살짝 훔쳐봤다. 삶의 그늘이라고는 없어 보이는 얼굴. 그와 있는 시간은 약간의 설렘과 긴장이 늘 함께했다. 마치 청춘 로맨스 영화를 재생시키는 기분이었다. 눈을 감았다 뜨면 어느새 나는 청량한 첫사랑 이야기의 주인공이 되어있었다.

아, 우정과 사랑 중에 고민하는 주인공의 고뇌를 이제는 이해할 수 있을 것만 같아, 그렇게 속으로 몇 번을 외쳤는지 모른다. 이 순간들이 어느 날엔 꿈속의 꿈같기도 했고, 어느 날엔 곧 터져버릴 것 같은 비눗방울들처럼 아슬아슬했다. 반짝이는 무지갯빛을 가득 머금고서.

"참, 카프카가 체코 사람인 거 알았어요?" 장은우는 읽던 대본을 내려놓으며 말했다.

"그럼요." 나는 답했다.

"아, 전 카프카 소설들이 다 독일어로 쓰여 있어서 독일 사람인 줄 알았거든요. 그런데 알고 보니 프라하에서 살았더라고요."

그의 입에서 프라하, 라는 단어가 나오는 순간 나는 다시 노트북 화면에 시선을 돌렸다. 바쁘게 시를 쓰는 사람처럼 자판을 두드렸다. 사실 오늘 쓸 시는 다 썼지만, 계속 그렇게 있었다.

"영화 속 주인공 카프카는 프란츠 카프카와 전혀 상관없지만 그래도 깊이 이해하려면 거기 직접 가봐야 하지 않을까요. 마침 다음 주 금요일이면 촬영도 끝나거든요. 그즈음 해서 프라하 갈까 생각 중이에요. 찾아보니 여기서 꽤 가깝던데……. 혹시 미나 씨도 시간 괜찮으시면 같이 갈래요? 프라하."

선뜻 답하지 못했다. 그의 말에 어떠한 답이 튀어나올 뻔했으나 내 속의 누군가가 그 답을 계속 누르고 또 눌렀다. 생각해 보면 프라하는 언제 어디서나 자석처럼 나를 끌어당겼다. 벗어나려고 할수록 프라하는 더 힘껏 그쪽으로 나를 끌어당겼다. 내가 어떤 저항도 할 수 없게.

나는 다이어리를 꺼내 한 장을 찢은 후, 노트북에서 다 쓴 시를 그 종이에 옮겨 적었다. 떨리는 손으로 그 종이를 장은우에게 건넸다. 예전 시 수업 합평 시간에 내가 쓴 시를 발표하는 기분이 들기도 했다.

그는 내게 잠깐만요, 말하고 픽업데스크로 뛰어가서 아까 두 번째로 주문한 뜨거운 라테를 가져왔다.

그동안 나는 아까 들었던 프라하를 잊기 위해 부단히 노력했다. 그 어떠한 운명 따위도 믿지 않겠다는 다짐을 하며. '나는 스스로 서 있는 사람이다. I AM WHO I AM.'

그 문장을 주문처럼 입에 찰싹 달라붙을 때까지 외웠다.

"오늘 시는 어제보다 더 좋은데요. 라테가 뜨거워서 그런가. 오늘 미나씨 글은 따뜻함이 느껴져요."

"따뜻한 온기……. 나는 혼잣말처럼 나직이 읊조렸다.

"맞아요. 미나씨 글에는 따뜻한 온기가 있어요." 장은우는 활짝 웃으며 말했다.

해가 지고 카페 안으로 어둠이 가로질러 들어왔다. 우리는 카페에서 평소보다 일찍 나와 슈타트미테 버스정류장까지 걸어갔다. 고개를 돌려 장은우를 슬쩍 쳐다보았다. 그는 뭐가 좋은지 입가에 미소를 짓고 있었다.

"저, 할 말이 있는데요." 나는 조금 망설이며 말했다.

"네. 하세요." 장은우는 주먹으로 마이크 모양을 만들며 내 얼굴에 갖다 댔다.

"다음 주까지 제가 일이 생겨서, 내일부터는 만날 수 없을 것 같아요."

그는 그 자리에 서서 아……. 그래요, 말하고는 무표정으로 있었다. 나는 그에게 마지막 촬영 날까지 〈사랑이 시라면〉 대본을 읽고 시를 써줄 것을 약속했다. 그리고 메일로 종종 연락할 것이라고도.

나는 알고 있었다. 그가 다음 주 마지막 촬영을 끝내면 한국에 간다는 것을. 화려한 삶을 사는 그에게 베를린에서의 시간들은 처음부터 존재하지 않았던 기억으로 남으리라는 것을.

버스를 타는 그의 뒷모습까지 내내 지켜봤다. 버스가 작은 점이 될 때까지 그 자리에 서 있었다. 누군가의 뒷모습을 하염없이 보는 일, 그것은 내게 낯선 일이었다.

인생에서 단 한 번도 누군가가 떠나는 모습을 보지 않았다. 언제나 먼저 고개를 돌려버렸고, 언제나 몸을 돌려 앞을 향해 걸어갔다. 너의 뒷모습을 보고 있으면 우리가 영영 만날 수 없는 순간이 찾아올까 봐, 그리하여 견딜 수 없이 외로움에 사무칠까 봐 나는 무섭고 무서웠다.

허망하고 허망하도다, 이렇게 외친다 해도 아무도 들어 줄 사람이 없음을, 어깨를 들썩이며 흐느껴도 누구 하나 위로해 줄 사람이 없음을, 그제야 가슴을 치며 깨닫는 사람이 되고 싶지 않았다. 얼른 도망쳐야지. 도망쳐야겠다. 소금 기둥이 될까 두려워하는 사람처럼 절대 뒤돌아보지 말 것을 되뇌며 다짐했다.

나는 단 한 번도 그 애의 뒷모습을 보지 않았다. 무지했던 시간이라는 것을, 이제야 깨닫는다. 문득 그 애의 뒷모습이 궁금해졌다. 점처럼 사라져가는 그 애를 보며 우리가 처음에는 점으로 만났으나 한때 선으로 이어져 있던 사실을, 그리하여 수없이 교차했던 순간들을 그냥 지나치지 말았어야 했다. 내가 그때 알았더라면 좋았을 텐데.

고마웠다. 그 애는 언제나 나의 뒷모습, 아니 나의 뒤 풍경까지 안아주었다. 내가 보았던 풍경을, 내가 걸어 나가는 방향까지 모두 안아주었다. 그 애는 내가 점이 될 때까지 오래도록 손을 흔들며, 그렇게 봐주었다.

슈타트미테 역에 서서 우반을 기다렸다. 전광판을 보니 판코우행 우반은 12분 후 도착할 예정이었다. 슈타트미테에서 집까지 한 정거장이라 사실 걸어가면 더 빠른데 장은우를 만난 날에는 늘 우반을 타고 집에 갔다. 나 혼자 찍은 청춘 영화에서 다시 현실로 돌아오기까지 진이 다 빠졌던 것 같았다.

가방에서 〈사랑이 시라면〉 대본을 꺼냈다. 여섯 번째 씬을 읽다가 나는 카프카, 프라하, 라고 혼잣말을 했고 아무도 없는 역이라 목소리가 조금 울렸다. 프라하, 라고 다시 한번 말해보았다.

목소리가 또 울렸다. 꼭 자문자답하듯이.

핸드폰을 꺼내 프라하행 유로시티 시간표를 검색했다. 베를린역에서 5시 16분에 출발하는 마지막 기차가 있었다.

그저 시간표만 검색해 보려고 했는데 무언가가 다시금 나를 강하게 끌어당기고 있었다. 분명 다른 차원에서의 누군가 내게 지금 프라하에 가라는 신호를 보내고 있었다. 오늘을 놓치면, 지금 이 순간을 놓치면 프라하에 다시는 가지 못할 것이다.

시계를 보니 집에 들렀다가 베를린역에 가도 충분한 시간이었다. 바로 그때였다.

"미나씨, 아직 여기 있네요."

멀리서 숨을 헐떡이는 장은우가 뛰어오고 있었다.

"네. 어떻게 된 일이에요?"

나는 놀란 눈으로 그를 쳐다봤다.

"다음 주까지 못 보면 이제 베를린에서는 미나씨 정말 못 보잖아요. 그래서요."

나는 말없이 웃었다. 그사이 우반은 도착했다.

"저 이제 가 봐야 할 것 같아요." 나는 재빨리 우반을 타며 말했다.

장은우는 내 뒤를 따라 같이 우반을 탔다.

"연락해도 돼요?"

"그럼요. 아까도 말했는데……. 메일 할게요."

"메일 말고 전화해도 돼요? 미나씨, 서울 오면 만나요."

장은우는 그 말만 남기고 우반에서 다시 내렸다.

삐삐삐삐. 우반에서 신호음이 울리고 문이 닫혔다. 우반은 출발했다. 문밖으로 보이는 마지막 그의 애달프면서도 어설픈 표정이 머릿속에 계속 맴돌았다. 그의 영화에서는 한 번도 본 적 없는 그런 얼굴이었다.

우반 안에 앉아 창문을 내다봤다. 바깥은 온통 까만 지하 세계였다. 우반은 차갑고 검은 시간 속을 전속력으로 내달리고 있었다. 따뜻함이 필요한 순간. 나는 아까 우리 대화 속에 나온 따뜻한 온기를 떠올렸다. 아니, 엄밀히 말하면 그 애가 내게 말했던 따뜻한 온기를 떠올린 것이 맞았다.

운명이 우연이라는 이름으로 불쑥 찾아오는 것을 나는

경계하고 또 경계했다. 어쩌면 지금껏 그 애로부터 쌓아온, 내가 만든 모든 의미가 한순간에 사라질까 봐 두렵기도 했다. 그래서 언제부터인지 내게 다가온 운명을 부정하기 시작했다. 돌이켜보면 그 애와의 시간 속 아무 의미 없던 것들에 나는 이름을 붙이고 또 생을 불어넣었다. 그렇게 그 애의 세계 속에서 매일 나무 한 그루씩을 심었다. 마침내 나무에서 꽃이 피고, 열매가 맺히는 것을 천천히 지켜보면서 속으로 기뻐했다. 언젠가 그 애가 이곳에 찾아와 우거진 저 나무들을 마주하게 되리라. 시간이 흐를수록 그런 오만한 생각도 하게 되었다.

어느덧 고개를 돌려보니 내가 서 있던 그 애의 세계는 거대하고 울창한 숲이 되었다. 나의 운명은 지도를 들고 이 숲을 개척해 나가는 것. 그리고 동시에 그 애의 세계에서 완전히 벗어나 온전한 나의 길을 찾는 것.

문득 프라하에 함께 가자고 했던 그 애의 얼굴이 아른거렸다. 그 시절 끝내 이루지 못했던 우리의 약속이 지금 내 앞으로 굴러온다. 나는 그것을 멍하니 내려다보았다. 그것은 어떤 맑고 애틋한 빛을 담고 있었다. 어떻게 보면 한없이 푸른색이기도 했다. 고심 끝에 그것을 잡기로 마음먹었다. 프라하에 가야겠다. 그곳에 답이 있을 것이다.

나는 나의 운명을 시험하기로 결심했다.

**끝나지 않은
계절 속
우리는**

9시 35분이었다. 베를린에서 프라하까지 시간표 그대로 단 일 분의 오차도 없이 정확히 4시간 19분이 걸렸다. 프라하역 간판을 보니 이제야 실감이 난다.

항상 머릿속으로만 그렸던 프라하.

거기 심장에, 지금 나는 서 있다. 나는 가급적 천천히 걸었다. 지금 이 순간을 충분히 만끽하기 위해.

관광안내소가 눈앞에 보였다. 나는 아까 기차에서 예약

해 둔 호스텔 주소를 입으로 외우며 안내소에 들어갔다. 안내소 직원은 주소를 듣더니 역 앞 트램 9번을 타고 가면 된다고 빨간 펜을 들어 지도에 표시해 줬다.

역 바깥은 이미 어둠이 내려 앉아 있었다. 바닥에는 거칠고 울퉁불퉁한 돌길이 깔려있었다. 그 때문에 사람들 캐리어 굴러가는 바퀴 소리가 역 주변에 다 울려 퍼질 정도로 시끄러웠다. 역시 캐리어를 안 가져오길 잘했다. 내가 언제나 한 몸처럼 메고 다니는 프라이탁 파란 가방, 나는 그것 하나면 충분했다.

트램 9번은 내가 오길 기다렸다는 듯 금방 도착했다. 이제 네 정거장만 가면 된다. 살짝 불안한 마음이 들어 정류장을 지날 때마다 하나, 하나 손으로 접었다. 네 손가락을 접는 순간 트램에서 내렸다. 핫도그 가게를 지나 스타벅스가 보이면 우회전할 것. 버스 안에서 지도를 외울 정도로 뚫어지게 봤기 때문에 길을 찾기는 수월했다.

드디어 깔끔하게 떨어진 하얀 건물, 그리고 짙은 갈색 대문이 보였다. 예약 사이트 맨 앞에 걸려있던 사진과 똑같았다. 나는 두근거리는 마음을 안고 벨을 눌렀다. 이내 직원이 문을 열며 반갑게 맞이해줬다.

그는 나의 예약자명을 확인하더니 내게 럭키라고 외쳤다. 나는 무슨 말인가 싶어 고개를 갸웃했다. 그러자 그는 오늘 올 손님 세 명이 모두 취소하는 바람에 내가 예약했던 4인 도미토리 방을 나 혼자 쓸 수 있다고 말했다.

엘리베이터를 타고 2층에 올라왔다. 문을 여니 하얀 침대 네 개가 보였다. 나는 가방을 멘 채로 푹신한 베개에 얼굴을 파묻었다. 뽀송한 침구 냄새가 올라왔다. 이렇게 큰 방을 나 혼자 쓸 수 있다니 정말 행운이었다.

모든 게 행운이었다. 프라하에 온 것, 아니 베를린에 온 것 모두. 베를린에 와서 영화 〈사랑이 시라면〉 대본을 읽은 것도 행운이었다. 대본 속 주인공 카프카를 발견하지 않았다면 혼자 프라하에 올 생각조차 하지 않았을 것이다. 프라하는 그저 그 애와 나의 약속으로만 남기게 됐을지도 모른다. 어쩌면 희미한 기억 저편의 약속을 붙잡고 나는 그 애의 세계 속에 주저앉아 영영 가지 못했던 프라하를 목 놓아 불렀을지도 모른다. 그러나 나는 지금 여기에 있다.

프라하, 바로 여기 이곳에.

창문을 활짝 열고 아까 직원이 건네준 프라하 시내 지도와 작은 여행 책자를 읽어봤다. 캄캄한 어둠 사이로 기분 좋은 찬바람이 불어왔다. 밤하늘을 올려다보았다. 어둠에 눈이 익어 작고 흐릿한 별 하나를 찾을 때까지 계속 보고 또 보았다. 아무런 계획이 없었다. 우선 오늘 여기서 자면, 당장 내일 묵을 숙소부터 구해야 한다. 며칠을 묵을지, 어디에 갈지 전혀 정해진 게 없다. 발길 닿는 대로 정처 없이 떠도는 방랑자처럼 다닐 것이다. 마음속 불 하나를 켜고 고요하게, 때로는 격정적으로 그렇게 다니다 보면 언젠가 찬란하기 그지없는 세상에 닿을 것이다. 나는 그렇게 믿었다.

조식을 먹지 않고 호스텔을 나섰다. 여기서 2분만 걸어가면 카프카가 단골이었던 카페 루브르가 있었으니까. 카페 루브르는 그 애의 말을 듣고 늘 상상만 했던 곳이었다.

어제 호스텔 직원이 건네준 작은 여행 책자에 따르면 카프카는 항상 같은 자리에 앉아 커피 한 잔과 달콤한 디저트를 즐겼다고 한다. 그걸 읽으며 나도 그와 비슷한 메뉴를 골라야겠다고 생각했다. 오전의 따사로운 햇볕이 머리 위로 내리쬤다. 내딛는 발걸음마다 무척 가벼웠다.

나는 카페에 앉아 신문처럼 생긴 메뉴판을 들여다봤다. 그러고 나서 그랜드 카푸치노 루브르와 라즈베리 팬케이크를 주문했다. 주문하고 서빙될 때까지 시간이 많이 소요됐지만 그것 또한 괜찮았다. 오늘은 과거의 그날로부터 그토록 간절하게 바랐던 날이니까.

드디어 카푸치노를 받았다. 카푸치노 위에는 초코가루로 스펠링 L이 소담스럽게 새겨져 있었다. 이곳 카푸치노는 풍부한 우유 거품의 부드러운 첫맛, 그리고 초코가루의 묵직한 끝 맛까지 완벽한 조화를 이뤘다. 초코가루를 흐트릴

까봐 아껴서 조금씩 마셨다.

뒤이어 나온 라즈베리 팬케이크도 따뜻하고 폭신했다. 뭉근하게 끓인 라즈베리 소스에 작고 쫀득한 팬케이크 세 장, 그 위에 사워크림까지 이것 또한 먹으면 먹을수록 입안에 달달한 여운이 꽤 오래 남았다.

커피잔을 내려놓으면서 너도 여기 좋아했을 거야, 라고 혼잣말을 했다. 순간 이러면 안 된다고 속으로 다독였다. 나는 한 손으로 이마를 문지르며 솟구치는 감정들을 간신히 억눌렀다. 그랬더니 기분이 조금 나아졌다.

카페에서 나와서 지도를 펼쳤다. 우선 여기서 가장 근거리인 카프카 생가부터 가봐야겠다. 거리에는 점심을 먹으러 나온 관광객들이 눈에 띄게 늘었다.

내 주위에서 세계 각국의 언어들이 들렸다. 나만의 배경음악이 필요한 순간이었다. 나는 파란 가방에서 핸드폰과 이어폰을 꺼냈다. 무작정 음악 재생 버튼을 누르려다가 예전에 만들어둔 플레이리스트가 생각났다. 유럽에 여행 가면 듣고 싶은 곡들을 모아둔 플레이리스트.

음악 보관함에서 얼른 그 리스트를 찾아 랜덤 재생을 선택한 후 플레이 버튼을 눌렀다. 이어폰에서 파도가 치는 소리가 들렸다. 이어서 남녀 듀엣 목소리가 흘러나왔다.

알레프의 〈빙그르르〉. 이 곡이 흘러나오리라 꿈에도 예상 못했다. 하필 첫 곡으로 나올 게 뭐람. 하마터면 뜨거운 햇볕에 눈물을 말리는 상황까지 갈 뻔했다. 다행히 그러지 않았지만.

"같이 듣고 싶은 곡이 있어." 나는 말했다.

"무슨 곡인데?" 그 애가 물었다.

주머니에서 이어폰을 꺼내 그 애에게 한쪽을 줬다.

"신기한 노래야. 처음에는 여자 목소리만 들리는데 노래를 자세히 들어보면 남자 목소리도 들려." 나는 이렇게 말하고 핸드폰에서 알레프의 〈빙그르르〉를 재생했다.

우리는 아무 말 없이 한강을 보며 이 노래를 들었다.

강물은 쉼 없이 흘렀고, 시간도 쉼 없이, 노래도 그렇게 흘렀다. 노래를 듣다가 고개를 살짝 돌렸다. 가로등 빛에 반사된 그 애의 옆얼굴은 하얗고 반짝였다. 내 옆에 있는 사람이 너라서 좋아, 라는 말을 하고 싶을 정도로 빛났다. 그 순간의 너는 그랬다.

"우리 프라하 가면 이 노래 들을까? 프라하에 한인이 하는 LP 바가 있대" 그 애가 말했다.

"응. 그러자. LP 바 가면 내가 제일 먼저 이 곡 신청해야겠다." 나는 대답했다.

우리는 그날 이 곡을 무한 반복해서 들었다. 멜로디 숨결을 모조리 외울 정도로.

사실 프라하에 오는 기차 안에서 계속 검색해 봤다.

프라하 한인 LP 바, 프라하 한국 LP 바, 프라하 LP 바. 검색어를 아무리 달리해도 아무것도 나오지 않았다. 그 애가 분명히 프라하에 한인 LP 바가 있다고 했는데 그건 뭐였을까.

생각의 꼬리를 물고 있는 채로 카프카의 여섯 번째 생가인 미누테 하우스 앞에 도착했다. 꽤 많은 관광객이 미누테 하우스의 화려한 벽화 앞에서 사진을 찍고 있었다. 그런데 이상하게도 한국 사람은 전혀 보이지 않았다.

손을 맞잡고 웃으며 가는 커플이 내 어깨를 치고 지나갔다. 같이 여행하는 동료가 꼭 필요한 건 아니었지만, 내가 훌쩍 떠나온 여행 중에 운명적인 누군가를 만난다면, 그리하여 운명적 사랑에 빠진다면 얼마나 좋을까, 잠시 그런 말도 안 되는 생각을 했다.

사실 그런 사랑이 하고 싶었다. 리처드 링클레이터 감독이 머리를 감싸 쥐며 '아, 차기작은 당신 이야기로 만들겠어요'라고 말할 만큼의 그런 운명적인 사랑. 속으로 피식 웃고 있을 무렵이었다. 건널목 앞에서 한국인 남녀가 서로 사진을 찍어주고 있었다. 나는 몇 걸음 떨어져서 그들을 지켜보았다. 빨간 목도리를 한 여자는 환한 빛을 머금고 있었고, 갈색 코트를 입은 남자는 곧 사랑에 빠질 것 같은 눈빛으로 그녀를 바라보고 있었다. 그들은 핸드폰으로 서로 찍은 사진을 보며 웃고 있었으나 그리 친한 것 같지는 않아 보였다. 어쩌면 지금 이 순간 사진을 찍어주다가 만났을지도 모르겠다. 운명적으로, 어쩌면 필연적으로.

지금 보는 이 장면은 아까 내가 생각했던 운명적 사랑 비슷했다. 그러나 그들이 사진만 찍고 간단한 목례를 한 후 각자 서로 다른 방향으로 간다면 정말 안타까울 것이다. 나는 또 말도 안 되게 비극적인 생각을 하고 있었다. 그사이 나는 슬며시 그들에게 다가갔다.

"사진 찍어드릴까요?"

나는 그들의 지금 이 순간을 찍어주고 싶었다. 순간의 빛이 완전히 사라지기 전에.

그들은 나를 앞에 두고 어깨가 닿을 듯 말 듯 나란히 섰다. 어색하면서도 낯선 떨림이 나에게까지 전해졌다. 혹은 달콤한 설렘 같기도 했다. 남자의 핸드폰으로 그들의 사진을 찍어주고 다시 핸드폰을 건네는데 불현듯 LP 바 생각이 났다.

"혹시 여기서 한인 LP 바 들어보신 적 있으세요? 프라하에 있다던데……."

여자는 고개를 저었다. 남자는 LP 바는 처음 듣는데요, 라고 말하며 고개를 갸우뚱했다. 역시 아무도 모르는구나. 나는 짧게 인사하고 허탈하게 뒤돌아섰다.

그러자 남자가 잠깐만요, 하고 외쳤다.

"저, 혹시 블루노트 프라하 말씀하시는 건가요? 거기에 음악 듣는 곳이 있긴 한데요."

"그런 곳이 있나요?" 나는 눈을 반짝이며 그에게 말을 재촉했다.

"네. 거기가 한인 민박집이거든요. 블루노트 프라하 사장님이 좀 재밌는 분이세요. 그분이 한국에서 알아주는 재즈 피아니스트셨는데 우연히 5년 전쯤인가. 프라하로 2박 3일 여행 왔다가 여기에 반해서 그대로 정착하셨대요. 제가 아는 분도 블루노트 프라하에서 일하셔서 거기 자주 놀러 갔거든요. 사장님 한가할 때면 거기서 투숙객 중심으로 저녁 7시부터 9시까지 신청곡을 받으세요. 제가 저녁에도 몇 번 놀러 갔는데 LP 바까지는 아니고 그냥 작은 음악 감상실 같더라고요. 그런데 말씀하신 곳이 거기가 맞을지는 모르겠네요."

혹시나 하는 생각은 서서히 늪에 빠지고 있던 기억 조각 하나를 건지게 해줬다. 상대의 말에 귀 기울이고 서로 눈을 마주 보았던 그 애와의 시간. 다행이다. 아직 내 안에 살아 있다. 나는 그 시간들을 되짚어보며 이미 산산조각이 난 조각들을 무모하게 다시 맞춰본다. 그렇게 어슷하게 맞춘 조각들을 껴안고, 아마 나는 그제야 그 애의 세계에서 온전히 나갈 수 있을 것이다.

블루노트 프라하. 나는 근처 아무 벤치에 앉아 그곳을 검색해 보았다. 홈페이지에 전화번호가 보여서 바로 통화 버튼을 눌렀다. 여보세요, 중후한 목소리의 남성이 받았다.

내가 오늘 예약이 가능한지 물어보니 그는 글쎄요, 하고 애매하게 대답했다. 잠시 정적이 흘렀다. 수화기 너머로 수첩 넘기는 소리가 들렸다. 내가 전화를 끊어야겠다고 생각할 무렵이었다. 그는 방이 한 개 남아있으니 오후 세 시부터 체크인이 가능하다고 말했다.

나는 또 하나의 행운을 잡은 것에 대해 생각했다. 이제부터 오후 세 시까지 뭘 할 것인가의 고민이 시작됐다. 지도를 보니 블루노트 프라하가 있는 곳은 철도박물관 근처였다. 어제 탔던 트램 9번을 다시 타고 다섯 정거장을 더 가면 된다. 주머니에서 어제 호스텔에서 받은 작은 여행 책자를 다시 꺼냈다. 하도 열심히 읽은 탓에 하루 만에 종이가 꼬깃꼬깃 해졌다. 책자에 따르면 그 근처에는 요즘 프라하에서 가장 인기 있다는 매니페스토 마켓이 있다고 한다. 아마 거기서 간단히 요깃거리도 살 수 있을 것이다. 긴장이 탁 풀려서인지 허기가 졌다. 조금 빠른 걸음으로 정류장까지 걸었다. 내가 정류장 표지판 앞에 딱 서자마자 마침 기다렸다는 듯 트램이 들어왔다.

행운의 연속이었다. 프라하에서의 여행이 계속 이렇게만 진행되길.

트램은 덜컹거림 하나 없이 일정한 속도로 달렸다. 내가 걸어가는 것보다는 빠르게, 뛰는 것보다는 느리게.

창가로 얼굴을 더 가까이했다. 알전구를 연이어 켠 것처럼 화려하게 일렁이는 블타바강이 보였다. 그러다가 문득, 강을 보지 않고 담담히 앞으로 가는 저 사람들이 궁금해졌다. 그들은 왜 이렇게나 멋진 풍경을 보지 않고 그대로 지나쳐버리는가. 그럼에도 막막한 하루 끝이면 블타바강을 한 번 바라보지 않겠는가.

이런저런 생각을 하다가 어느덧 내릴 때가 됐다. 문득 창가에 발그레한 얼굴 하나가 보였다. 꼭 좋아하는 남자애의 쪽지를 받은 사람처럼 두근거림을 안고 나는 그렇게 서 있었다.

트램에서 내려서 뒷길로 들어가니 바로 재즈 피아노가

그려진 하얀 간판이 보였다. 거기엔 작게 '블루노트 프라하'라고 쓰여 있었다. 시계를 보니 아직 한 시 반이었다. 체크인하기에는 아직 이른 시간이라 점심을 먹고 다시 와야겠다고 생각했다. 그런데 옆에서 누군가 말을 걸어왔다.

"블루노트 프라하 오셨어요?"

세월의 흔적이 보이는 희끗희끗한 머리, 날카로운 느낌의 까만 뿔테 안경을 낀 중년 남성. 그는 과일과 야채가 담긴 장바구니를 들고 내 옆에 멀뚱히 서 있었다.

"네. 체크인하기 전에 위치 확인할 겸 와봤어요. 이따 세 시에 맞춰서 다시 올게요."

나는 고개를 반쯤 숙여 인사했다.

"아니에요. 그냥 들어오세요."

그는 푸른색 대문을 밀면서 말했다.

그를 따라서 나선형 계단을 올라갔다. 내 이름을 묻더니 아까 전화하셨던 분, 이라고 말하며 고개를 끄덕였다. 그는 2층 첫 번째 방을 안내해 줬다. 창이 커서 햇볕이 그대로 들어왔다. 방은 1인실이라 그런지 단출하면서 깔끔했다.

격자무늬의 살구색 마룻바닥 위에 회색톤의 침구, 그리고 하얀색 작은 탁자 하나. 따뜻함과 차가움이 공존하는 곳이라서 이상하게 더 마음에 들었다. 창문 근처에 다가갔더니 어디선가 기분 좋은 향이 퍼지고 있었다. 아래를 보니 바닥에 디퓨저가 놓여있었다. 바질 네롤리 향이었다. 좋은 일이 일어날 것 같은 기분이 들었다. 나는 가방에서 접은 옷가지들을 꺼내 침대 위에 올려두었다.

방에서 나왔더니 아무도 없었다. 거실에 붙어있는 수칙들이 눈에 띄었다. 조식을 먹고 싶은 사람은 전날 저녁까지 신청할 것, 밤 10시 이후에는 조용히 할 것, 수건이 더 필요한 사람은 말할 것, 등등의 이야기.

그리고 종이 맨 밑에 이렇게 쓰여 있었다. 음악이 듣고 싶은 사람은 저녁 7시, 3층으로 올 것.

호기심이 발동해서 계단을 타고 3층까지 올라갔다. 3층은 탁 트인 넓은 거실 하나였다. 거실 한가운데에는 새것처럼 윤이 나는 피아노 한 대와 뱅앤올룹슨의 대형 스피커 두 대가 놓여있었다. 벽에 붙어있는 책장을 이리저리 살폈다. 거기에는 손때 묻은 재즈 음악 CD들과 표지가 너덜너덜해질 정도로 낡은 LP들이 빽빽하게 꽂혀있었다. 그 옆 한쪽 구석에는 색색의 방석들이 열 개 남짓 쌓여있었다. 아마 방석을 깔고 음악을 듣는 곳인 모양이었다.

블루노트 프라하에서의 단 하루. 여기는 우연처럼 찾아온 운명 같은 곳이었다. 음악을 아직 듣지 않았지만 나는 느낄 수 있었다. 이곳의 선율과 공기들이 누군가의 혹독한 외로움, 또는 그 어떠한 공허함마저 메워줄 수 있을 것 같은 느낌.

그 애가 그때 말했던 곳이 여기이길 간절히 바라며 나는 창가에 보이는 맑게 갠 하늘을 바라보았다.

그러다 갑자기 허기져서 건물 밖으로 나왔다. 매니페스토 마켓은 여기서 단 2분 거리였다. 회색 컨테이너들이 줄지어 있었고, 그 앞에 사람들이 군데군데 서서 시끄럽게 떠

들고 있었다. 복작복작한 사람들 사이를 뚫고 마켓 주변을 찬찬히 둘러보았다.

 주문한 음식을 놓은 긴 탁자도 유심히 살폈다. 비건 두부 샐러드, 수제 햄버거, 프렌치프라이도 눈에 들어왔다. 저 사람이 주문한 아보카도 참치샌드위치도 맛있을 것 같아. 먹음직스러운 음식들을 보자 배고픔이 밀려왔다. 그러다가 맞은편 테이블에서 계란프라이를 얹은 비빔밥을 발견했다. 옆에 걸린 간판을 보니 우리나라 말로 '밥'이라고 적혀 있었다. 프라하에서 밥이라니 너무 반가웠다. 한식당 부스에 얼른 뛰어가서 비빔밥 하나를 주문했다. 오래 기다리지 않아 오색 빛을 담은 비빔밥이 나왔다. 나는 비빔밥을 먹기 좋게 비빈 후 크게 한 숟갈 퍼서 먹었다. 고슬고슬한 밥, 살강살강 씹히는 나물과 야채, 달짝지근한 불고기 그리고 계란프라이 노른자의 부드러운 맛까지 입안 가득 봄이 느껴졌다. 나는 다 먹고 그릇을 반납하면서 잘 먹었어요, 인사를 했다. 그러자 한국인 셰프는 이렇게 말했다.

"행복하세요."

낯선 타지에서 듣는 정겨운 말은 가슴 깊은 곳을 울렸다. 그 때문인지 아까부터 성큼성큼 다가오던 싸늘한 공기가 금세 멈췄다.

햇살은 저녁을 향하면서 더욱 강해졌다. 나는 그 빛을 머리 위로 듬뿍 받으며 마켓 주변 상가들도 둘러보았다. 거기에는 신기하게도 문구류를 파는 곳도 있었다. 다양한 펜과 연필들, 캐릭터 스티커와 마스킹 테이프, 파스텔색 메모지까지 눈을 뗄 수 없게 했다. 그중에서 나는 까만 만년필 한 자루를 골랐다. 이 만년필을 쓸 때면 언제나 프라하의 행운을 떠올려야지, 그런 다짐을 했다.

여전히 그 애 세계 안에 살고 있는 걸까, 걷는 내내 그런 생각이 들었다. 나는 카페에서 테이크아웃한 뱅쇼 한 잔을 들고 블타바강 근처 벤치에 앉아 있었다. 신비로운 노을에서 회색 구름이 덮인 까만 하늘이 될 때까지 계속 그렇게 있었다.

저녁 7시가 되어 블루노트 프라하에 다시 돌아왔다. 떨리는 마음을 가라앉히고 3층으로 향했다. 아까 구입한 만년필도 주머니에 넣는 것을 잊지 않았다. 오늘의 신청곡을 적기 위해서.

3층 거실에는 이미 세 사람이 방석을 깔고 앉아 있었다. 나는 빨간색 방석을 골라 바닥에 내려놓았다. 이윽고 아까 내게 방 열쇠를 준 중년 남성이 메모지와 펜을 들고 왔다. 아마 이 남성이 블루노트 프라하 주인이자 재즈 피아니스트인 모양이었다.

"안녕하세요. 여러분, 프라하에 오신 것을 환영합니다. 이곳은 우리끼리 음악을 듣는 곳이에요. 어떤 곡, 어떤 장르라도 좋으니 여러분이 좋아하는 곡을 이 메모지에 적어서 피아노 앞에 놓인 바구니에 담아주세요. 제가 랜덤으로 골라서 틀어드릴게요. 좋은 음악, 같이 들어요. 그럼 저의 오늘 신청곡부터 시작합니다."

말을 마친 그는 메모지와 펜을 그대로 바닥에 내려놓았

다. 그의 진행은 아주 매끄러웠으며 노련하고 익숙했다. 그는 피아노 의자에 앉아 ⟨Autumn Leaves⟩를 연주하기 시작했다. 도입부는 잔잔하게, 중반부터는 경쾌하게, 혹은 격정적으로 후반에는 다시 잔잔하게, 심장을 뛰게 하는 멜로디는 끊임없이 흘렀다.

나는 그 곡을 들으며 나뭇잎들이 바람에 흩날리는 모습을 상상했다. 초여름의 푸른 나뭇잎에서 빨갛게 익을 때까지의 기다림, 그리고 마침내 길가에 떨어져 바람을 온몸으로 받아들이며 어디론가 다른 세계로 훌쩍 떠나가버리는, 그런 나뭇잎의 인생에 대해 생각했다.

사람들이 하나둘씩 일어나 메모지에 신청곡을 적었다. 음악을 듣다 말고 나도 아까 구입한 만년필을 꺼내 메모지에 신청곡을 적었다. 알레프의 ⟨빙그르르⟩.

이 한 곡을 듣기 위해, 주저 없이 이곳까지 달려왔다. 서울에서 베를린, 베를린에서 프라하까지. 언제나 잡힐 듯 잡히지 않았던 상상 속의 라스트 씬을 위해.

연주를 마친 그는 바구니 앞으로 와서 곱게 접힌 메모지 한 장을 골랐다. 그는 핸드폰에서 노래를 찾아 재생시켰다.

방 안 가득 파도 소리가 울려 퍼질 때부터 알았다. 내가 신청한 곡이라는 것을.

큰 스피커 두 대로 듣는 노래는 뭉클한 감동을 주었다. 마치 친밀한 공연장에 온 것 같았다. 나는 주위를 살폈다. 여섯 명의 사람이 이 곡을 함께 듣고 있다. 진귀한 일이었다. 이 곡은 언제나 지친 하루의 끝, 나를 위로해 주는 노래였다. 함께 듣는 이들에게도 이 순간은 잠시나마 쉼이 되길. 노래가 끝나고 잠시 정적이 흘렀다.

"어, 또 알레프의 〈빙그르르〉를 신청해 주셨네요." 그는 내가 쓴 메모지를 빤히 보며 말했다.

"네? 제가 신청했는데요." 나는 '또'라는 단어가 이상하게 마음에 걸려 손을 들고 말했다.

"아, 그러시구나. 어제도 어떤 남자분이 똑같은 곡을 신청하셨거든요." 그는 말했다.

'어제'라는 단어가 나의 숨을 멎게 했다. 등줄기에 식은 땀이 맺혔다. 그럴 리가 없다. 그 애가 왔을 리가 없다.

어두운 창문으로 멀리 보이는 환한 불빛들이 으스러져 보였다.

"혹시 그 남자분도 여기 아직 머무르고 계신가요?" 나는 참지 못하고 그에게 물었다.

"네. 그분은 오늘 카를교 야경 투어를 하신다고 들었거든요. 여기서 같이 만나셨으면 좋았을 텐데 좀 아쉽네요."

이어서 죠지의 곡이 흘러나왔다. 나는 나지막이 자꾸 혼잣말로 말했다. 지금 그게 중요한 게 아니고 내가 뭐 하려고 했더라. 자꾸 정신을 잃기 직전의 사람처럼 숨이 가빠왔다. 화장실에 가는 척 일어나 곧장 내 방으로 향했다. 파란 가방을 메고 지도를 폈다. 숙소 앞 정류장에서 12번 트램을 타고 여섯 정거장을 가면 카를교로 갈 수 있다. 나는 지금 카를교로 가야겠다. 어쩌면, 정말 어쩌면 그 애를 볼 수도 있다. 실낱같은 희망을 버리고 싶지 않았다. 정말 우리가 만날 수도 있겠다. 정류장으로 뛰어가는 동안 늘 주저하고 망설이던 나의 그 시절이 떠올랐다.

모든 시간을 흘려보냈다. 결코 시시하지 않았던 순간을, 비로소 콧등이 시큰해지는 순간을 나는 놓쳐버리고 말았다. 언제나 망연자실한 표정을 하고, 어쩔 수 없다는 듯 그렇게. 이번에는 아니다. 명징하게, 또렷하게 이 순간을 붙잡을 것이다.

두근거리는 마음을 안고 뛰었더니 벌써 카를교 앞이었다. 저녁 식사를 하러 나온 사람들로 길은 완전히 마비가 되어있었다. 다른 사람들은 플래시를 터트리며 야경 사진을 찍고 있을 때, 나는 사람들의 얼굴을 하나하나 확인했다. 한 번, 두 번, 세 번. 카를교 위를 왔다 갔다 반복하길 세 번째. 시계를 보니 9시가 넘어가고 있었다. 다리에 힘이 풀려 주저앉을 뻔했다. 그래. 어쩌면 그 애가 아닌 또 다른 남자가 이 곡을 신청했을 수도 있다. 나는 그 자리에 서서 허망하게 웃었다. 이제야 숨을 크게 쉬었다. 답답했던 마음이 모두 빠져나가는 기분이었다. 화려한 불빛으로 수놓은 야경이 너무나 아름다웠지만 한편으로 그것을 온전히 즐길 여유는 없었다. 나는 지금 이 순간이 안에서 밖으로, 그러니까 한없이 어둠이 내리깔린 안에서 밝고 환한 밖으로 나아가는 과정이었음을 머리에 수없이 각인시켰다.

카를교에서 조금 내려오니 야시장 불빛들이 반짝였다. 나는 홀린 듯이 그곳에 가서 구경했다. 아티스트가 직접 만든 목걸이와 팔찌, 직접 그린 엽서, 수를 놓은 담요, 꽃이 그려진 손수건까지 모두 내 시선을 끌었다. 그러다가 드림캐처를 발견했다. 하얀색 깃털이 달린 드림캐처가 바람에 몸을 맡기고 있었다. 흥미롭게 보고 있던 내게 드림캐처 판매자는 이걸 창문에 걸어두면 더 이상 악몽을 꾸지 않는다고 했다.

이걸 창문에 걸면 이따금 꿈속에서 보이는 프라하는 이제 볼 수 없으려나. 그렇게 되면 꿈속 프라하에서 매번 만났던 너는 사라지겠지. 영원히.

베를린에 가서도, 서울에 가서도 좋은 꿈만 꾸고 싶었다. 내가 하얀색 드림캐처를 사겠다고 하자 판매자는 얇은 크라프트지로 정성스럽게 그것을 포장하기 시작했다. 포장이 끝나기만을 기다리고 있는데 누가 뒤에서 내 가방을 툭 쳤다.

"미나야, 미나 맞지?"

너무 놀라서 뒤를 돌아볼 수가 없었다. 에이, 긴장할 필요 없잖아. 그냥 그 애를 닮은 목소리일 수도 있어. 기대하지 말자. 혼잣말을 속으로 계속 되뇌며 고개를 돌렸다.

어렴풋이 그 애의 얼굴이 보였다. 그토록 내가 찾고 찾던 바로 그 애가 정말 맞는 건가. 모든 순간이 슬로우 모션으로 지나갔다. 믿을 수가 없어 눈을 꼭 감았다 다시 떴다.

짙은 저녁 하늘을 등지고 환하게 웃는 그 애의 모습이 보였다.

"나인지 어떻게 알았어?" 나는 가늘게 떨리는 목소리로 물었다.

"아, 멀리서 파란 가방이 딱 보였어. 프라이탁 파란 가방 너 아직도 메는구나." 그 애는 눈웃음을 지으며 내 가방을 쓰다듬었다. 바로 어제 만난 사람처럼, 단 한 번의 헤어짐도 없었던 것처럼 그 애는 친숙하게 다가왔다. 나는 연신 고개를 끄덕이다가 또, 넋이 나간 사람처럼 그대로 굳어 있었다. 그러다 문득 광화문에서 주희와 나눈 대화가 떠올랐다. 혹시 그 애 옆에 같이 온 사람이 있을까. 갑자기 그런 생각이 들어서 나는 그 애의 주변을 두리번거리기 시작했다. 우리 사이에 잠시 정적이 흐르는 동안 아무리 둘러봐도 저마다 일행이 있는 외국인 관광객들뿐이었다.

"맞다. 너 결혼은?" 그렇다. 궁금한 것은 물어봐야 한다. 나는 먼저 운을 뗐다.

그 애는 조금 멋쩍어하며 시선을 돌렸다. 그 애는 한참 동안 어떤 말도 하지 않았다. 그사이 나는 판매자로부터 거대한 편지봉투처럼 포장된 드림캐처를 받아들었다. 우리는 다시 반짝이는 불빛이 일렁이는 카를교 위로 천천히 걸음을 옮겼다. 마치 시간을 거슬러 올라가는 사람처럼, 붙잡아두고 싶었던 장면들을 하나둘 떠올리며 천천히 넘기듯이 우리는 그렇게 걷고 있었다.

카를교 중간쯤에 다다르자 거리 음악가가 파이프를 연주하고 있었다. 그 애는 그 앞에 서서 공연을 보다가 헛기침을 했다. 그러고 나선 고개를 내 쪽으로 돌려 내 얼굴을 똑바로 마주했다.

"나 결혼 안 했어." 그 애의 말 한마디는 파이프 멜로디에 묻힌 채 쏜살같이 흘러가 버렸다. 나는 공연을 보다 말고 말없이 블타바강을 바라보았다. 강에는 카를교 그림자가 길게 늘어져 있었다. 그 때문에 영롱한 가로등 불빛이 더 찬란해 보였다. 빛과 그림자로 나눠진 세계 중간 그쯤이었다. 우리가 서 있는 곳은.

"사실 올해 할 뻔했는데 엎어졌거든. 너는?" 그 애는 잠긴 목소리로 느리게 얘기했다.

"나도 아직……." 나 역시 어떤 말을 해야 할지 몰라서 시선을 돌리다가 카를교 바닥만 뚫어지라 쳐다봤다. 그 애는 조금의 침묵이 있은 후 그래, 하고 대답했다. 불시에 오간 무거운 대화에 끝이 보였다. 그제야 나는 안도의 한숨을 쉴 수 있었다.

"너 기억하려나. 우리 약속했던 거. 어제 나 그 노래 들었어. 알레프의 〈빙그르르〉." 그 애는 긴장이 풀린 듯 수줍게 웃으며 말했다.

"혹시 블루노트 프라하에서?" 나는 확신에 찬 얼굴을 하고 있었다.

"응. 어떻게 알았어?" 그 애는 놀란 토끼 눈을 하고 나를 바라봤다.

"나도 오늘 거기서 들었거든. 그 노래."

우리는 마주 보며 한참을 실없이 웃었다. 그 곡 가사처럼 정말 네가 나타났어, 그 애는 속삭이듯 말하며 내게 이어폰 한쪽을 건넸다.

나는 우리의 그 시절 속 지층을 가늠해 봤다. 우리가 그날 한강에서 같이 들었던 곡은 이미 암석화되어 변치 않고 그 자리에 그대로 있었다. 그 곡은 무수히 많은 시간이 흘러도 한없이 반짝반짝 빛을 내며 어떠한 기대를 품고 있었다. 언젠가 자신을 알아주기를 바라며. 마침내 우리는 너를 발견했다. 그 어떤 시련과 고난에도 꿋꿋이 버티던 너를. 끝나지 않은 계절 속에서 우리는 그렇게 너를 듣고, 또 들었다.

그 시절 그날처럼 멜로디의 숨결을 세어가며.

옆에서 치직 소리가 크게 들려 우리는 이어폰을 빼고 그쪽을 바라봤다. 어떤 커플이 휴대용 폭죽으로 불꽃놀이를 하고 있었다. 공중에서 흩어진 불꽃들이 피어올랐다. 폭죽 연기 때문에 온 세상이 부옇다가 이내 말짱해졌다. 꿈과 현실의 경계가 흐려졌다.

우리는 불꽃놀이를 더 자세히 보고 싶어서 그 커플 옆으로 가까이 다가갔다. 그러자 그 커플이 쌩긋 웃으며 남은 폭죽 하나와 성냥박스를 건넸다. 또 하나의 행운이 문을 두드렸다. 우리는 세찬 바람을 손으로 애써 막아가며 성냥불을 폭죽에 붙였다.

"자, 이제 소원 빌어." 그 애는 폭죽을 잡고 눈을 꼭 감으며 말했다.

나도 눈을 감고 생각했다.

어떤 행운에 대해서, 어떤 운명에 대해서.

너의 세계에서 살았던 시간. 나에게 전부 너였던 순간들.

나는 눈을 떠서 아직도 눈을 감고 소원을 비는 그 애를 바라봤다. 엷은 바람이 살랑 불어와 내 코끝을 간질였다.

바질향이 몰려왔다.

우리가 처음 만난 순간을 기억해

같이 음악 들어주는 사람

 한강에 어스름이 깔리면 나오는 게 많다. 분수도 나오고, 노래도 나온다. 색색의 불이 켜지고 주위를 둘러보면 어느새 도깨비 야시장도 펼쳐진다. 오늘은 그곳을 천천히 돌아보기로 했다. 북적이는 사람 틈 속에서 오롯이 나 혼자였지만 그럭저럭 괜찮았다. 그곳엔 핸드메이드 액세서리, 불이 켜지는 액자, 강아지 옷까지 다양한 부스들이 줄을 이었다. 이만큼이면 충분히 봤다고 생각할 무렵 저 멀리 어떤 특이한 부스가 내 시선을 사로잡았다.
 깔끔하게 정렬된 부스들 끝에 허름한 천막으로 된 부스였는데, 아무리 봐도 도깨비 야시장에 속한 부스는 아닌 것 같았다. 어설프게 놓인 텅 빈 탁자 그리고 사람 한 명. 나는 더 가까이 다가가 자세히 보았다. 거기엔 '같이 음악 들어주는 사람'이라고 적힌 팻말 하나가 걸려있었다. 나는 조심스레 물어보았다.

"CD를 파시는 건가요?"

그 사람은 대답했다.

"아니요."

그 사람의 칼 같은 단답이 당황스러웠다.

"그럼 같이 음악 들어주는 사람은 뭔가요?"

이번에 그 사람은 천천히 또박또박 대답했다.

"같이 음악을 들어드려요."

"네? 음악이 어디 있는데요?"

"여기요."

그 사람은 주머니를 뒤져 자신의 핸드폰을 꺼냈다. 그리고는 바닥에 있던 배낭 가방을 탁자 위에 올려놓고 앞주머니를 열었다. 한참을 뒤적이더니 두 명이 들을 수 있는 Y잭

이어폰을 꺼내 놨다.

"아, 네. 알겠습니다."

나는 조금 이상한 기분이 들어 그 자리를 얼른 떠났다.

이상한 사람이다. 이상한 시간이었다. 어쩌면 이상한 공간이었을 수도 있다. 꿈은 아니었으니 이상한 일이었다고 해두자.

나는 걷고 걸었다. 저기에 아는 벤치가 있다. 다른 벤치에 비해 방향이 살짝 틀어져 있어서 아무도 모르는 것 같았다. 알더라도 아무도 앉지 않는 느낌이었다. 왜냐하면 갈 때마다 우리만 앉았으니까.

"한강이 이렇게 잘 보이는데 사람들은 왜 모를까?" 네 옆모습을 보며 말했던 순간이 엊그제 같다. 다시는 오지 않으려고 했는데 발걸음이 이곳을 기억한다. 여기까지 날 이끄는 내 신발이, 지금 두근거리는 내 심장이 기억한다. 모든 것들이 기어코 나를 여기까지 오게 했다.

그러니까 나는 지금, 여기 이 벤치에 앉아 있다. 무심코 핸드폰을 꺼내 음악 재생목록을 본다. 그때 들었던 음악들. 내 핸드폰에 저장된 음악들은 다 우리가 들었던 음악뿐이다.

'여기서 날 구해주세요.' 그렇게 외치고 싶었지만 아무도 없다. 정말 여긴 우리만 아는 곳이었다. 강물이 흘러 바다를 만날 때까지 내내, 나는 여기 혼자 앉아 있을 것이다. 그림자의 방향이 수백 번 바뀐다 해도 계속 혼자일 것이다. 그사이 나는 어쩐지 모를 서글픔이 파도가 되었다가 마침내 소용돌이가 되는 과정을 멀리서 지켜보고 있었다. 아무래도 안 되겠어. 나는 자리를 박차고 일어나 그곳으로 뛴다. 같이 음악 들어주는 사람 부스로. 다행이다. 아직 그 사람이 그대로 있다. 나는 헐떡거리며 말한다.

"같이 음악 들어주세요."

그러자 그 사람은 흔쾌히 대답한다.

"네, 그러죠."

우리가 처음 만난 순간을 기억해

"우리가 처음 만난 순간을 기억해."

수지는 휘갈겨 쓴 메모를 애써보며 말했다.

"선생님, 그럼 혹시 다음 적힌 문장은 무슨 뜻인지 알 수 있을까요?"

민호는 말했다.

"글쎄요. 여기 글씨가 잘 보이지 않아서 번역을 못 하겠는데요."

"아, 소리 나는 대로 빨리 받아 적다 보니 그런가 봐요. 다음에는 아예 녹음을 해와야겠다."

민호는 스페인어를 배운 지 두 달이 채 안 됐는데 A2 시험을 통과할 정도로 스페인어 공부에 열성적인 학생이었다. 스페인어 선생님인 수지는 민호를 보면서 자신의 통번역대학원 한서과 재학 시절을 떠올렸다. 청춘을 스페인어 공부로 돌돌 말아 태우던 그때, 사랑을 접었다 폈다 내 마음대로 할 수 있었던 시간들. 이제는 온몸에 구석구석 스며들어 기억조차 나지 않는, 나의 일부가 되어버린 시간들에 대해서. 민호는 수업을 마치고도 수지에게 밑도 끝도 없는 질문 공세를 하며 공감대를 형성하려했다. 한 번은 민호가 스페인어 공부에 왜 그리 열심인지 궁금해서 진지하게 물은 적이 있었다. 그러자 민호는 쑥스러워하며 대답했다.

"제 목표도 선생님처럼 통번역대학원에 가는 거예요. 그렇게 되면 여자 친구가 하는 말도 다 알아듣고 얼마나 좋겠어요."

서어서문학을 전공한 민호의 여자 친구는 작년 한 해 동안 스페인에 교환 유학을 다녀왔다. 그러는 동안 그들은 연락 문제로 헤어졌다가 재회하길 여러 번 반복했다. 헤어지자는 말은 언제나 여자가 꺼냈다. 그럴 때면 항상 민호가 다시 손을 내밀었고, 어쩌다 보니 지금까지 사귀고 있다. 언제부터였을까. 그녀는 평소에 민호와 한국말로 얘기하다가도 알아듣기 힘든 스페인어로 종종 얘기했다. 꼭 그런 날이면 그녀의 기분이 좋아 보이지 않았다. 그다음 날까지 그녀는 침울해 보일 때도 있었다. 그럴 때면 민호는 불안했다. 그녀의 입에서 또 헤어지자는 말이 나올까 봐. 민호는 고민 끝에 한 달 전부터 스페인어 공부를 하기 시작했다. 시작은 단순했다. 그저 여자 친구의 말을 온전히 알아듣기 위해서. 그리고 자신도 여자 친구의 혼잣말에 스페인어로 대답할 수 있는 사람이 되고 싶은 것, 그것뿐이었다.

수지는 그동안 많은 학생을 가르치고 봐왔지만 민호처럼 열성적으로 공부하는 학생은 처음이었다. 그래서인지 수지는 민호에게 하나라도 더 알려주고 싶은 심정으로 매 수업 시간에 임했다. 강의를 끝내고 수지가 마이크를 정리하는데 민호가 주춤거리며 다가왔다.

"선생님, 저 수업 이번 달까지만 다닐 수 있을 것 같아요."

"왜요?"

"지난주에 본 3차 취업 면접에 합격했어요. 첫 시험이었는데 한 번에 돼서 아직도 얼떨떨해요."

"정말요? 대기업이라서 걱정 많이 했잖아요. 너무 축하해요. 그렇게 되면 이제 통번역대학원 준비는 힘들겠네요."

"네. 지금 당장은 조금 힘들겠지만 나중에 회사 다니면서 스페인어 공부도 병행하려고요. 참, 여자 친구한테는 이번 주에 청혼할까 생각 중이에요."

"겹경사네요."

"맞다. 어제 여자 친구와 한강에 갔었거든요. 벤치에 앉아서 커피를 마시는데 걔가 또 스페인어로 혼잣말을 하더라고요. 이번에는 약간 눈물도 훔치는 것 같았고요. 그래서 바로 그 순간을 놓치지 않고 녹음해 왔죠. 선생님, 혹시 지금 번역해 주실 수 있으신가요?"

"그럼요."

수지는 민호가 카톡으로 보낸 음성파일을 자신의 핸드폰에 다운받아 그 자리에서 틀었다. 핸드폰에서는 나긋나긋한 목소리의 스페인어가 흘러나왔다. 수지는 조금 듣다 말고 볼륨을 최대한 낮춰서 자기 귀에 바짝 갖다 댔다가 담담한 표정으로 일시정지 버튼을 눌렀다.

"다 좋은 말인데요. 여자 친구분이 민호 씨를 사랑한다는 이야기 같아요."

"역시 그럴 줄 알았어요. 걔가 부끄러움이 많아서 저한테 사랑한다는 말을 직접적으로 못 해요. 선생님, 그런데 녹음 파일 잘 들리세요? 그날 저희 옆 사람들이 하도 떠들어서……."

"그러게요. 뒷부분은 잘 안 들리네요. 그런데 이분께 청혼하신다고요."

"네. 이번 주말에 한강 뷰가 보이는 세빛섬 레스토랑도 예약 해놨어요."

"축하해요. 민호 씨는 다 잘 되실 거예요. 워낙 뭐든지 열심히 하시잖아요."

민호는 활짝 웃으며 감사 인사를 말하고는 돌아서서 갔다.

수지는 그날 이후로 어떤 깊은 생각에 잠겨있었다. 오늘이 토요일이라는 것을 알게 된 건 원장 선생님의 전화를 받고 나서였다. 수지쌤, 혹시나 까먹었을까 봐 전화했어요. 아뿔싸. 잊고 있었다. 이번 주 주말에는 학원에서 특목고 학부모 세미나가 열려서 수지가 진행할 강의는 없었다. 전화를 끊고 뭉그적거리다가 겨우 몸을 일으켜 집 앞 샌드위치 가게에 갔다. 어쩌죠. 오늘 샌드위치 단체 주문이 갑자기 들어와서 지금 품절인데요. 수지는 가게 문을 열고 나와 무작정 걸었다. 머릿속으로 다른 샌드위치 가게가 어디 있더라, 생각하면서도 다리는 쉴 틈 없이 움직였다. 이윽고 그녀의 시야에 한강이 들어왔다. 여기까지 걸었나, 스스로 놀라면서도 여기에 새로운 카페가 생겼다던데 가봐야겠다고 마음먹었다. 역시나 한강 뷰 카페는 만석이었다. 아메리카노를 테이크아웃해서 한강이 잘 보이는 벤치에 앉았다. 뜨거운 커피를 홀짝홀짝 마시다 말고 세빛섬에 새로 생긴 레스토랑 홍보 현수막을 바라봤다. 민호 씨가 예약했다던 레스토랑이 저긴가. 수지는 저곳에서 앞으로 시작될 그들의 이야기에 대해서 생각했다. 이야기의 결말이 절망적일지 희망적일지는 마지막 페이지를 들추어봐야 알 수 있는 법. 내 멋대로 속단하지 말자고 고개를 끄덕이며 다짐했다.

수지는 한강을 물끄러미 바라보다가 핸드폰을 꺼내 민호와의 카톡 채팅창을 열었다. 그러고는 민호가 보냈던 음성을 다시 켰다. 주위에는 아무도 없었으므로 핸드폰 볼륨을 두 단계 크게 올린 후 귀에 가까이 댔다.

살짝 떨림이 느껴지는 여자의 음성. 수지는 그 음성을 들으며 자연스럽게 동시통역을 시작했다.

너는 지금 무엇을 하고 있을까.

나는 매순간 네 생각을 하는데.

어떻게 잊을 수 있을까.

물결이 잔잔한 강을 보니까 우리가 함께 걸었던 오냐르강이 기억나.

깔깔대며 에펠 다리 위에서 아이스크림을 먹었던 것도 기억나고.

아이스크림 먹고 싶다. 지금 마시고 있는 커피가 생각 안 날 만큼.

있잖아. 아마 나는 조만간 옆에 있는 사람과 결혼할 것 같아.

그리고 취직을 하고, 회사에 다니며 아이를 낳겠지. 그렇게 한 사람의 부인으로, 누군가의 엄마로, 워킹우먼으로 살아갈 거야. 아주 지극히 평범한 일상이 되겠지.

그래. 너와 그렸던 미래를 난 이 사람과 함께 할 거야.

내가 없는 너의 인생은 어때?

네가 없는 나의 인생은 더 이상 생각하고 싶지 않네.

보고 싶어. 사랑해. 언제까지나.

음성파일 끝날 무렵에 주변 소음이 시끄럽게 들어가서 그녀가 말한 마지막 두 문장이 들리지 않았다. 수지는 파일을 일시 정지한 채 다시 한강을 바라봤다. 듣지 않아도 어디선가 이미 들은 것 같은 문장들이 강물 위를 떠다니고 있었다.

29살의 겨울

 여기 헬스클럽이 새로 생겼는데 오픈 이벤트를 하거든요. 매서운 바람을 뚫고 어떤 사람이 내게 말을 걸어온다. 나는 재빨리 고개를 돌려 다른 방향으로 나아간다. 그 사람을 무시하려는 게 아니라 그 사람 등 뒤로 세 명의 귀신이 더 보였으니까. 나는 아직까지 귀신이 무섭다. 귀신이 보이기 시작한 건 몇 년 전 부터였지만 아직도 적응이 잘 안된다. 정확히는 회사를 그만두고 의학전문대학원 시험을 준비하면서부터였다. 처음에는 공부 때문에 스트레스를 받아 환상이 보이는 줄 알았는데 아니었다. 길 가다가도 불쑥 보이는 귀신들 때문에 매번 흠칫 놀랐다. 나는 다행히 공포영화를 좋아하는 사람이었기에 망정이었지 심약한 사람이었다면 그 자리에서 기절했을지도 모른다. 이런 사실들을 아무에게도 말한 적이 없었으므로 그 누구도 나의 비밀을 알지 못했다. 웬만하면 귀신이 많이 모여 있는 곳은 가지 않으려고 했다. 예를 들면 지하도, 한강, 어두컴컴한 클럽 같은 곳들.

오랜만에 만난 고등학교 동창 모임에서 친구에게 전시 초대장 한 장을 받았다. 섬유예술을 전공한 희진은 서울시에서 주최한 섬유 미술전에 참가하게 됐다고 했다. 다른 동창들도 초대장을 열어보더니 와······. 좋은 곳에서 전시하네, 라고 축하해주며 가겠다고 했다. 한지로 여러 번 덧댄 빳빳한 초대장을 조심스럽게 열어보니 전시 장소는 서울웨이브 아트센터라고 적혀있었다. 나는 그곳이 삼청동 어디쯤일 것이라고 생각하고 나 역시 흔쾌히 가겠다고 말했다. 집에 오는 택시 안에서 할 일이 없어 아까 받은 초대장을 다시 꺼냈다. 핸드폰을 꺼내 전시 장소를 검색해 보니 그곳은 한강 잠원 지구 한가운데에 있는 곳이었다. 하마터면 가기 싫다고 육성으로 소리 지를 뻔했다. 그랬다면 택시 기사님이 어리둥절해했을 테니.

한강은 내가 지난 몇 년간 발을 끊은 곳이었다. 굳이 귀신이 많은 곳에 내 발로 들어가기 싫었지만 이미 희진에게 간다고 말했으므로 어쩔 수 없었다. 집에서 가져온 청심환 한 병을 급히 들이켜고 잠원 한강공원 초입 부분에서 지도 앱을 열어 웨이브아트센터를 한 자 한 자 찍었다. 귀신이 말을 걸까 봐 실눈을 뜨고 더듬더듬 찾아가는데 생각보다 귀신이 많지 않았다. 심지어 귀신들도 나이가 어린 친구들이 대부분이었는데, 바쁜 걸음으로 제 갈 길 가느라 내게는 전혀 관심이 없었다. 귀신들도 남 일 관심 없이 자기 할 일만 하는 MZ세대들이라 그런가 싶었다. 하긴, 요즘엔 타인에게 말을 걸거나 관심을 주는 건 사라진 시대지. 삭막한 세상이야. 무심결에 혀를 끌끌 차다가 이런 생각을 하는 나도 이제 꼰대가 되어가는 건가 싶어 웃었다. 어쨌든 나는 안심을 하고 눈을 크게 떠서 길을 찾았다. 전시관에 들어서자 희진은 손을 흔들며 마중을 나왔다. 희진의 작품들은 하나같이 모두 인상적이었다. 그중 나는 〈회상 속 환희 그리고 공존〉이라는 작품 앞에서 눈을 떼지 못했다. 모시 위에 색이 여러 갈래로 퍼지며 표현된 이 작품은 바깥 세계와 안 세계에 대해서, 그리고 그 속에서 존재하는 것들에 대해서 말하고 있었다. 몇 번을 돌아 다시 그 작품을 보니 내가 어릴 때 불었던 플롯 선율이 들렸다. 플루리스트가 되어 전 세계를 누비고 싶었던 시절도 있었지. 어째서 그 순간 그게 떠올랐는지 모르겠지만.

희진은 내게 와줘서 고맙다며 1층 스타벅스에서 따뜻한 라테 한 잔을 사서 내 손에 쥐여줬다. 나는 라테를 들고 정신없이 그곳을 나왔다. 얼굴을 목도리로 두 번 감쌌지만 바람이 내 얼굴에 튕겨 나가는 느낌이었다. 이 정도의 강추위라면 라테가 금방 식을 것 같았다. 식은 아메리카노는 그럭저럭 마실 법 한데 식은 라테는 용서할 수 없다. 나는 눈에 보이는 벤치에 바로 뛰어가서 앉았다. 커피가 다 식기 전에 한 모금은 마시고 가야겠다는 일념으로 컵홀더를 여는데 누군가 내게 말을 걸었다.

"안녕?"

또, 귀신인 걸까. 나는 그때까지만 해도 옆자리를 보지 못했다. 심장 박동이 빨라지는 게 느껴졌지만 못 들은 척 커피 한 모금을 오래 머금다가 넘겼다.

"오랜만이야."

처음 듣지만 낯설지 않은 목소리였다. 나는 그제야 고개를 돌렸다. 내 옆에는 하늘색 교복 셔츠를 입은 남학생이 앉아 있었다. 누구더라, 고개를 갸웃하며 남학생의 옆얼굴을 자세히 봤다. 아, 기억났다. 이준수. 고3 때, 교실 맨 끝자리에 앉던 키 큰 애. 나도 반가운 마음에 오랜만이라고 인사를 건넸다. 3학년 3반 33번. 내가 좋아하는 숫자 3을 다 가져갔던 애. 당시 선도부였던 나는 아침마다 출석부를 작성했는데 이준수는 하루도 빠짐없이 늘 지각했으므로 33번 옆에 체크 표시를 했다. 한 번은 점심시간 끝 무렵이었나. 그 애가 바나나 우유를 건넸던 기억이 났다.

나 그거 지워줘.

뭘?

오늘 지각 체크.

안 되는데.

내가 정색을 하니 준수는 말없이 뒤돌아 나갔다. 그게 그 시절 그 애와 나눈 대화가 전부였다. 그런 일이 있고 한참 후에서야 프로 농구팀에 들어가려면 학생부 출결 사항이 중요하다는 사실을 알게 되었다.

"너도 여기 미술 전시 보러 왔구나? 다른 애들은 내일 온다던데……"

우리 사이의 틈이 싫어 아무 대화라도 욱여넣었다. 준수는 답이 없었다. 나는 다시 아무렇지 않게 다시 커피를 마시다가 무언가 불현듯 떠올랐다. 스무 살 봄의 기억. 순간

희진이 했던 말들이 메아리처럼 들렸다.

 참, 너 들었어? 이준수 걔 말이야. 얼마 전에 죽었대.

 뭐?

 빗길에 차가 미끄러져서 교통사고가 크게 났더라고.

 어머, 어떡해.

 그런데 그런 얘기도 있더라. 준수 걔, 결국 프로 농구팀에 못 들어갔대. 그게 그렇게 힘든 건가. 아무튼 비 오는 날 일부러 차에 뛰어들었다는 소리도 있고. 모르지 뭐.

 에이……. 설마.

 커피를 든 손이 떨렸다. 순간 등골이 오싹해졌지만 최대한 티를 내지 않았다.

 준수가 물었다.

 "넌 요즘 뭐해?"

 "나는 시험 준비해."

 "무슨 시험?"

 "의학전문대학원 가려고. 그런데 올해는 떨어졌어.

내년에 다시 해야지."

"네가 공부하는 걸 좋아했나?"

"공부 좋아하는 사람이 어디에 있어. 그냥 하는 거지."

나는 퉁명스럽게 대답했다. 준수는 입꼬리 한쪽을 올리며 말했다.

"좋아하는 걸 해야지."

"넌 뭐가 그렇게 좋은데?"

"난 농구. 오늘도 한 판 하고 왔어"

"이겼어?"

"아니. 신발 때문인가, 자꾸 미끄러지네."

고개를 살짝 돌려 시선을 바닥으로 떨어뜨렸다. 준수는 가죽이 다 해진 낡은 운동화를 신고 있었다. 운동화가 낡았네, 라고 내가 혼잣말처럼 얘기했더니 준수는 그래도 조던이잖아, 라고 웃으며 답했다. 서로의 근황 얘기가 끝나자 또 정적이 흘렀다. 준수는 한참을 그렇게 우두커니 있다가 자리에서 일어나 농구 약속이 있다며 뛰어갔다. 그사이 주위는 어둑해졌다. 나는 공원을 빠져나와 집으로 가는 대신 근처 백화점으로 발길을 돌렸다. 요즘 고등학생들이 좋아하는 농구화가 뭐죠? 백화점 점원은 말했다. 아무렴 조던이죠. 그럼 그거 주세요. 나는 새 운동화 상자가 든 쇼핑백을 끌어안고 다시 그 벤치로 달려갔다. 그곳에서 한 시간 넘게 준수를 기다렸지만 그 애는 돌아오지 않았다. 반쯤 넋이 나간 채로 계속 벤치에 앉아 있었다. 그랬다. 준수에게는 스무 살의 여름도, 가을도, 겨울도, 그리고 스물아홉의 겨울도 없었다. 그 애에게는 스무 살의 봄까지가 전부였다.

문득 그 애와 나 사이의 시차를 계산하려다 그만두었다. 이과생의 한계인가. 피식 웃음이 나왔다. 어쩌면 시간이라는 건 아무 의미 없는지도 모르겠다. 나는 그 시절 우리가 두고 온 것들에 대해 생각했다. 살아가는 것들에 대해, 불멸하는 것들, 좋아했던 것들, 그런 것들에 대해. 누구에게도 차마 얘기할 수 없는 오늘에 대해.

하염없이 흐르는 강물을 보며 내 속의 창을 열어 환기를 시켰다. 어쩐지 마음이 휑한 것 같아 별 하나 없는 밤하늘을 올려봤다.

눈물이 왈칵 쏟아졌다.

편지

 참, 나 그 사람한테 고백했잖아. 혜수는 손목시계를 보며 초조하게 말했다.
 정말? 그 우체국 직원한테 고백 한거야? 응. 그렇다니까. 대박이지?
 나는 혜수의 붉게 상기된 얼굴과 서리 낀 맥주캔을 번갈아 보았다. 맥주캔에 맺힌 서리가 고백하기 전까지 흘렸을 혜수의 땀 같아서 나는 더 크게 웃었다. 혜수는 더 얘기하려다 말고 자꾸 주변을 살폈다. 평일 저녁 8시. 지금처럼 어중간한 저녁 시간에 한강공원 편의점에 있을 사람은 많지 않았다. 우리 근처에 있는 사람이라고는 뒤편에 컵라면을 먹고 있는 남학생 두 명과 저 앞에 한강을 안주 삼아 쓸쓸하게 혼술을 하고 있는 여자 한 명뿐이었다. 혜수는 고개를 좌우로 돌리며 말했다. 지금쯤 시간이 됐을 텐데. 누구 기다려? 아니, 아니. 그런 건 아니고. 그래서 어떻게 고백한 거야? 궁금하잖아. 나는 혜수가 말하길 재촉했다.

두 달 전쯤이었다. 혜수는 퇴근 후에 무료함을 달래기 위해 티비 채널을 이리저리 돌리다가 쇼호스트의 광채를 머금은 피부를 봤다. 쇼호스트는 홈쇼핑에서 피부관리기를 열성적으로 소개하고 있었다. 혜수는 홀린 듯이 핸드폰을 들어 주문을 했다. 며칠 후, 드디어 주문했던 피부관리기가 와서 상자를 열었는데 전기 콘센트가 없는 것이었다. 고객센터 상담원은 포장에 문제가 생긴 것 같다며 새 제품으로 교환해 주겠다고 했다. 그리고 택배 파업으로 인해 반품 수거가 조금 늦어질 것 같다는 얘기도 덧붙여 했다. 됐어요. 제가 알아서 보낼게요. 성격이 급한 혜수는 점심시간에 회사 앞 우체국에 가서 직접 택배를 보내기로 했다. 우체국 안에는 사람이 많아서 20분이나 넘게 기다렸다. 이럴 줄 알았으면 며칠 기다려서라도 반품 보낼걸. 홈쇼핑에서 처음부터 포장이 제대로 된 피부관리기를 보냈으면 이렇게 기다릴 일도 없잖아. 혜수의 불만이 하나둘 터져 나올 무렵이었다. 전광판에 168번으로 바뀌는 게 보여 잽싸게 뛰어갔다. 오래 기다리셨죠. 혜수가 내려놓은 상자 너머로 우체국 직원이 수줍게 말을 건네는데 혜수는 알아차렸다. 이 모든 건 신의 계획이라는 것을. 이 사람을 만나기 위해 돌고 돌아 온 거였구나. 홈쇼핑에서 온전한 피부관리기를 보냈다면 반품 보낼 일도 없었을 것이고, 반품을 보낸다 해도 택배 파업이 아니었다면 우체국에 와서 직접 부칠 일은 더욱 없었을 것이다. 꿈에서만 그리던 이상형을 만나다니 운명이 아니고 뭐란 말인가. 혜수는 상자 안에 전기 콘센트가 없는데도 강한 스파크가 튀는 기분이 들었다. 그날 이후 혜수는 머릿속에서 철저하게 계획을 짰다. 이 사람에게 다가 갈 방법을.

우선 혜수는 집에 굴러다니던 편지지와 봉투를 찾았다. 과 대표 시절에 교수님께, 조교님께 감사 편지를 수없이 썼기 때문에 집에 사둔 편지지는 차고 넘쳤다. 출근 전에 아침을 먹는 대신 책상에 앉아 진지하게 한 장씩 편지를 쓰기 시작했다. 자신의 오늘에 대해서, 어제에 대해서, 올해 하고 싶은 버킷리스트에 대해서. 봉투 앞면에 받는 사람 주소는 당연히 혜수 자신의 집 주소를 적었다. 그녀는 의미심장한 미소를 지으며 밀봉한 편지를 서류 가방에 넣었다. 그날부터 매일 혜수는 점심시간에 점심을 먹지 않고 우체국에 갔다. 그런데 번호표를 뽑고 한참을 기다렸으나 막상 자신의 순번에는 그 직원이 아닌 다른 직원이 앉은 창구일 때도 있었다. 하지만 끈기 있게 그 직원이 앉아 있는 창구가 나올 때까지 혜수는 번호표를 뽑고, 또 뽑았다. 그가 어느 날에는 혜수를 알아보는 것 같았고, 어느 날에는 전혀 모르는 것 같았다. 그렇게 2주가 흘렀다.

회사 동료인 영미 씨가 걱정스럽게 물었다. 혜수 씨, 오늘도 속이 안 좋아요? 네. 먼저들 가서서 점심 드세요. 전 간단하게 우유나 마시려고요. 많이 안 좋으면 병원에 가 보지 그래요. 네, 시간 봐서요.

혜수는 오늘도 우체국으로 향했다. 말없이 그 직원 앞에 편지를 내미는데 그 직원이 웃으며 말을 걸었다. 이혜수라는 분, 좋겠어요. 이렇게 매일 정성스럽게 편지를 보내시는 걸 보면요. 혜수는 내심 놀랐지만 침착하면서도 친근하게 말했다. 학창시절부터 그녀는 워낙 친화력이 뛰어나기로 유명했으니까. 아, 제가 이혜수예요. 혹시 미라클 모닝 챌린지라고 아세요? 출근 전에 매일 아침 제게 편지를 쓰거든요. 편지에 올해 이루고 싶은 꿈들에 대해서 써요. 그렇게 편지가 하나 둘씩 모이다 보면 언젠가 꿈이 이루어진 제 자신을 발견하지 않을까 싶어요. 혜수는 오른쪽 머리카락을 귀 뒤로 넘기며 말했다. 좋은 습관을 가지셨네요. 우체국 직원은 고개를 끄덕였다. 그날 이후로도 혜수의 편지를 보내고 받는 일은 계속됐다.

 그러던 어느 날이었다. 부장님이 말했다. 다른 회사로 공문을 급하게 보낼 게 있는 데 혹시 우체국 잠깐 다녀올 사람 있어? 영미 씨가 손을 들면서 얘기했다. 제가 가도 될까요? 그래. 그렇게 해. 영미 씨 할 일도 많은데 고마워. 아니에요. 평소에도 수다가 많은 영미 씨는 의자에 걸쳐둔 자켓을 입으며 말했다. 사실 우체국에 제 이상형이 있거든요. 그 말을 듣는 순간 혜수의 등에서 식은땀이 흘렀다. 부장님이 물었다. 그래? 그렇게 잘생겼나? 제 친구가 우체국에 근무하거든요. 지난주에 우체국에 보험 들어주러 갔다가 그 사람 마음에 보험 든 거 있죠. 그 얘기를 듣던 기획팀 모두 와하하 웃음이 터졌다. 영미 씨는 뒤이어 말했다. 제가 보험 들면서 친구한테 슬쩍 물어봤거든요. 그 사람 여자 친구 없대요. 여자 친구랑 얼마 전에 헤어졌다고 하더라고요. 이건 정말 신의 계시 아니겠어요. 혜수는 생각했다. 아, 신이시여. 저에게 분명 계시를 주셨는데, 또 다른 사람에게도 주는 건 아니지 않나요. 이건 반칙입니다. 반칙.

혜수는 퇴근 후에 식탁에 앉았다. 냉장고에서 꺼낸 맥주 캔을 따고 시원하게 한 입 마셨다. 그리고 나선 자신 앞으로 온 서른 장의 편지를 한 장씩 읽기 시작했다. 그리고 나서는 비장한 표정으로 새로운 편지지를 꺼냈다. 그날의 편지는 평소보다 길었다. 무려 세 장이나 됐다. 이 정도면 됐겠지. 봉투에 받는 사람을 쓰지 않은 채 조심스럽게 편지를 넣고 밀봉했다.

다음 날 점심시간이었다. 혜수는 숨을 크게 쉰 다음 우체국으로 들어갔다. 다행히 오늘은 대기하는 사람이 없어서 금방 그 직원 창구에 갈 수 있었다. 직원은 아무것도 쓰이지 않은 하얀 편지봉투를 받아 들고 의아해했다. 여기 수신인 주소가 없는데요. 혜수는 기어들어 가는 목소리로 말했다. 그쪽 마음이요. 네? 제 마음대로 보내라고요? 아니요. 그 쪽한테 썼다고요. 혜수는 될 대로 되란 식으로 크게 질러버리고는 도망치듯 나왔다. 혜수는 저녁까지 계속 핸드폰만 뚫어져라 봤다. 무음모드에서 소리모드로 바꿔놨으나 절대 울리지 않는 핸드폰이 밉기까지 했다. 그러다가 저녁 8시가 되자 메시지 한 통이 왔다. 메시지의 첫 줄은 편지 잘 읽었어요,부터 시작했다. 혜수는 또 한 번 신이시여,를 외치며 메시지를 열었다.

메시지를 끝까지 읽은 혜수는 너무 좋아 소리를 지르며 소파에 있던 쿠션을 껴안았다.

그래서 만났어? 나는 맥주캔을 내려놓으며 물었다. 응, 밥도 먹고 커피도 마셨지. 주말에는 영화도 봤어. 정말 잘 됐네. 부럽다. 나는 혜수의 영화 같은 이야기에 푹 빠져서 헤어 나오지 못했다. 어머, 저기 온다. 누구? 그 사람. 그 사람이 왜 와? 그 사람 수요일 저녁에는 여기 한강에서 러닝한다고 하더라고. 그래서 나도 오늘 친구랑 한강에서 약속 있다고 했거든. 어쩐지 이상하더라. 뜬금없이 한강에서 보자더니. 너 제일 먼저 보여주고 싶어서 그랬지. 여기예요. 여기.

혜수는 그 사람을 향해 손을 흔들었다. 그 사람은 어색하게 반쯤 고개를 숙이며 걸어왔다. 나는 언뜻 그 사람의 얼굴을 보는데 피식 웃음이 났다. 학교 다닐 때 혜수가 너무나 좋아했던 배우를 그대로 닮았기 때문이었다. 혜수 뿐만이 아니라 우리 또래의 여학생이라면 다 아는 그 시절 최고로 인기가 많았던 배우. 학교 앞 서점에서 그 배우 인터뷰가 실린 씨네21이 모두 동났을 때의 혜수 표정은 잊을 수가 없다. 정말 지금 이 사람은 정말 그 배우의 동생이라고 해도 믿을 정도였다. 혜수가 왜 그리 전전긍긍하며 서른 통의 편지를 썼는지 대충 알 것 같았다. 그 사람은 우리 테이블을 보더니 자신이 마실 맥주를 사 오겠다며 편의점에 들어갔다. 나는 그 사람을 물끄러미 바라보는 혜수의 얼굴을 봤다. 그녀의 얼굴에는 사랑의 광채를 듬뿍 머금고 있었다. 이제 더 이상 혜수에게 피부관리기가 필요 없어 보였다.

핑크색 양말

좋겠다. 넌 예뻐서.

옆에 있던 흰 양말이 말했다.

그러게. 넌 눈에 띄어서 좋겠다. 색도 핑크색이잖아.

맞은편에 있던 검은 양말도 덩달아 덧붙였다.

핑크색 양말은 확신했다. 나는 누가 봐도 예쁠 것이다, 누가 봐도 좋아할 것이다.

드디어 플리마켓이 열리는 날이 되었다.

양말들은 매대에 나란히 누워 숨을 죽이고 있었다.

수많은 사람들이 양말 앞을 지나갔지만 단 한 명도 관심을 가지지 않았다.

옆집 라마 인형들은 거의 다 나갔는데 우리만 남아서 이게 뭐야.

양말들이 낙담을 하고 있을 무렵이었다. 멀리서 한 여자가 다가왔다. 말없이 양말들을 들어 이리저리 만져보더니 한참을 고민했다. 그러다가 매대 한가운데 놓여있는 핑크색 양말을 집었다.

여자는 판매원에게 물었다.

"여기 양말에 새겨진 꽃이요. 직접 수를 놓으신 건가요?"

판매원은 고개를 끄덕였다.

"예쁘다. 이거 하나 주세요."

핑크색 양말은 너무 기쁜 나머지 동료 양말들의 작별 인사말도 제대로 듣지 못했다. 분명 안녕이라고 들은 것 같았으나 곧 기억에서 잊혀졌다.

종이봉투 안에서 핑크색 양말은 창창한 미래를 그렸다.

누군가 자신을 선택해 줬다는 기쁨부터

누군가로부터 무한한 사랑을 받을 것이라는 확신,

그리고 자신의 끝없는 성장 가능성까지.

핑크색 양말의 흥분을 가라앉히기에 오늘 밤은 턱없이 짧았다.

여자는 매일 핑크색 양말을 신고 다녔다.

나이키 운동화에 핑크색 양말.

핑크색 양말이 보는 세상은 운동화 안에서 칠흑같이 어둡거나 뒤집힌 모양 그대로 거실 한구석에서 조용히 숨 쉬는 게 전부였다.

그래서인지 핑크색 양말은 매일이 썩 즐겁지 않았다.

그나마 행복한 순간을 꼽는다면 오늘처럼 세탁기에서 갓 나와 햇빛을 보는 것이었다.

최근 몇 주 동안 날씨가 흐렸는데, 오늘은 운이 좋게 날씨가 화창해서 온전한 햇빛을 만날 수 있었다.

라벤더 향이 몸속 깊이 스며드는 것 같아. 건조대에 누운 핑크색 양말이 햇빛에게 물방울을 건네주며 말했다.
살면서 가장 행복했던 기억이 있어? 햇빛은 핑크색 양말에게 물었다.
세탁기 안에서 엄청난 물이 내게로 몰려올 때부터 가슴이 두근거려. 오늘은 어떤 향이 나를 감쌀지 궁금하거든.
그래봤자 장미 향, 라벤더 향, 레몬 향, 이 셋 중 하나겠지. 이 집은 그 향만 쓰더라고. 쯧쯧, 넌 아직 세상을 모르는구나. 얼마나 거대하고 아름다운지. 어머, 내 정신 좀 봐. 벌써 시간이 다 됐네. 내일 다시 올게.
햇빛은 핑크색 양말에게서 마지막 물방울을 받아 들고 종종걸음으로 사라졌다.
핑크색 양말은 더 이상 아무런 말을 하지 않았다. 뒤이어 온 달빛과는 별로 친하지 않았기 때문에.

"나 살찐 것 같지 않아?" 여자는 얼굴을 감싸며 남자에게 물었다.

"엄마 몰래 야식이나 시켜 먹으니까 그렇지." 남자는 한심하다는 듯이 고개를 저었다.

"과제 하느라 힘들어서 먹었지. 너도 같이 먹었으면서⋯⋯. 그런데 넌 왜 하나도 안 쪘어?"

"난 주말마다 러닝 동호회에 나가잖아." 남자는 티비 채널을 돌리며 무심하게 말했다.

"그게 뭔데?" 여자는 눈을 반짝이며 물었다.

"나이키 러닝 동호회인데 누나도 관심 있으면 같이 가던가. 이번 주 토요일에도 있거든."

"그럴까?" 여자는 웃으며 남자의 어깨를 툭 쳤다.

토요일 아침이었다.

남자는 가방을 챙기다 말고 여자에게 물었다.

"누나, 설마 그 촌스러운 분홍색 양말 신고 가는 거 아니지?"

"왜, 이 양말이 어때서?"

"아무리 그래도 러닝 하는데 스포츠 양말 신어야지. 그게 뭐야. 그리고 그런 양말은 쿠션감이 없어서 계속 달리면 힘들다니까."

"몰라. 이 양말이 제일 편해. 그리고 무엇보다 예쁘잖아. 핑크색이기도 하고."

남자는 한숨을 쉬었다.

오늘 러닝의 예상 소요 시간은 한 시간이었다. 막상 여자에게 러닝은 생각보다 쉽지 않았다. 처음부터 여의도 한강공원에서 반포 한강공원까지 뛰는 것은 무리였던 걸까. 여자는 온 힘을 다해 뛰었으나 무리에서 자꾸만 뒤처졌다. 결국 동호회 사람들은 목적지에 먼저 도착해서 여자를 기다렸다. 여자는 한 시간이나 더 걸려서 반포 한강공원 벤치까지 도착했다.

"죄송해요."

여자는 왼쪽 다리를 약간 절뚝이며 걸어왔다.

"괜찮아요. 처음인데 어때서요. 그런데 다리 괜찮아요? 거기 서 있지 말고, 여기 다리 올리고 앉아요." 사람들은 벤치에서 얼른 일어나 자리를 비켜줬다.

"정말 괜찮은데……."

여자는 쑥스러워하며 벤치에 앉았다.

"잠깐 신발 벗고 있어 봐요. 좀 나아질 테니까."

"네."

여자는 꽉 맨 운동화 끈을 풀기 시작했다. 여자는 벗은 운동화를 벤치 옆에 가지런히 두고 양말만 신은 채로 다리를 쭉 폈다.

그러자 여자 옆에 서 있던 동호회 회장이 말을 걸었다.

"수지 씨, 양말 너무 예쁘다. 어디서 샀어요?"

"홍대 플리마켓에서요."

건너편 벤치에 앉은 동호회 사람도 여자 양말을 봤다.

"그러게요. 핑크색 너무 화사하고 예쁘다. 우리는 다 검정색 양말인데." 그들은 서로의 무릎까지 오는 검은 양말을 보며 웃었다. 그러다가 여자 뒤편에 서 있던 동호회 사람이 말을 이었다.

"그런데 수지씨, 양말에 구멍 난 것 같아요."

"어디요?"

"발꿈치 쪽이요."

"어머, 아까 뛸 때 신발에 돌이 들어왔는데 그때 구멍이 났나 봐요."

"예쁜데. 아깝다."

"괜찮아요. 버리죠. 뭐."

여자의 발끝에 바람이 휙 스쳐 지나갔다.

핑크색 양말은 물결이 일렁이는, 거대하고 놀라운 세계를 가만히 바라보았다.

한강은 이런 곳이구나. 내가 매일 마주했던 세탁기 안의 물과는 비교할 수 없는 아름다움.

햇빛이 얘기했던 아름다움이 이런 것일까. 핑크색 양말은 깊은 생각에 잠겼다. 그러다 문득 매대에 같이 있었던 흰 양말과 검은 양말을 떠올렸다. 너희도 이렇게 멋진 광경을 나와 함께 봤다면 좋았을 텐데. 그날 우리가 헤어질 때 안녕이라는 말을 크게 해줄걸. 미안했어. 너희는 지금 어디에서 어떤 삶을 살고 있을지 궁금하네. 어디서든 행복하게 살기를.

참, 달빛하고도 얘기해 보는 건데 아쉽다. 하지만 다 알고 있어. 달빛 네가 무뚝뚝해 보이지만 마음이 아주 따뜻하다는 것쯤은. 내가 건조대 위에서 곤히 잘 때마다 너는 매일 나를 지켜봐 줬잖아. 덕분에 나쁜 꿈은 한 번도 꾼 적이 없었지. 감사 인사를 이제야 하네. 늘 고마웠다고.

지금 이 순간을 정말 잊을 수 없을 것 같아. 이렇게나 아름다운 공간에서 사람들에게 예쁘다는 말을 이토록 많이 듣다니 말이야. 사랑받는다는 건 언제나 기분 좋은 일 아니겠어. 핑크색 양말은 강의 반짝이는 얼굴을 영원히 기억하기 위해 쉼 없이 보고 또 보았다.

오늘은 핑크색 양말이 살면서 가장 행복한 날이었다.

그로부터 아주 먼 훗날

  너는 10월의 여름 같았다. 10월은 여름이 아니라 가을이라고 반박하는 사람도 있을 것이다. 하지만 10월에도 어슴푸레 여름의 기운이 남아있다. 한 시절이 끝나가는 코스모스 사이로 스멀스멀 피어오르는 뜨거운 기운. 나는 그 기운을 온몸으로 느낄 수 있다. 아무튼 너는 10월의 여름 한낮 아래 때때로 바람이 불어오는 곳을 떠올리게 했다. 마음이 휑한 듯 멍하니 한강 벤치에 앉아 있으면 옆자리로 가서 꼭 안아주고 싶었다. 슬프지만 반짝이는 유행가가 흘러나오면 어디서든 네가 보였다. 너는 이따금씩 노래를 크게 부르곤 했는데, 가수가 꿈이었냐고 물어보면 말없이 미소만 지을 뿐이었다. 언젠가 기타를 배우겠다며 만날 때마다 기타를 메고 나왔다. F코드가 어렵다느니 투덜대다가도 아이스크림 한 덩이에 눈이 없어지도록 웃곤 했다.

 해가 지도록 우리의 대화는 끝이 없었다. 가끔 이해할 수 없었던 건 너는 재밌는 이야기를 하다가 갑자기 조용해질 때가 있었다. 한참 시간이 흐른 후에야 귀신이 지나간 것은 아니었음을, 단지 네가 그날을 기억하는 과정 중 하나였다는 사실을 깨달았다. 너는 붕 뜬 대화 사이사이 그날의 커피 향을 기억했고 탁자에 새겨진 나뭇결을 기억했으며 우리 사이를 떠다니는 공기를 기억했다. 내가 기억하지 못하는 것들을 너는 기억하고 또 기억했다.

 그로부터 아주 먼 훗날 우리가 다시 만났을 때도 너는 기억하고 있었다.
 너와 나 사이로 스쳐 지나갔던 모든 것들을.

너는 매일 한 장씩 폴라로이드 사진을 찍었다. 일기를 적는 대신 사진으로 기록했다. "색이 바래지면 어떻게 해?" 내가 묻자 너는 대답했다. "그냥 그대로 둬. 그 순간은 바래지지 않으니까." 집에 와서 나는 일기장을 펴고 '영원'이라는 단어를 썼다. 그리고 지웠다. 아무도 내가 쓴 영원을 기억하지 못할 것이다. 그건 나의 착각이었다. 일기장 마지막 페이지는 기억했다. 색이 남아있지 않았지만 꾹꾹 눌러쓴 자국이 오래도록 남아있었다.

그로부터 아주 먼 훗날, 너를 만났던 카페에서 예전 일기장이 문득 생각났다. 집에 돌아와 나는 켜켜이 쌓인 책 속에서 일기장을 꺼냈다.

'영원'이라는 단어는 무사했다. 너의 폴라로이드 색은 이미 바랬지만, 바래지지 않은 것처럼.

나는 일기장에 꽂아둔 검은색 사인펜을 들고 숨은그림찾

기를 했다. 내 삶에서 숨은 너를 찾기란 쉬운 일이었다. 여기도 너, 저기도 너, 내 안에 떠다니던 검은색은 점점 커지다가 마침내 밤하늘을 이루었다. 집에 가는 길에 너는 밤하늘 속 무수히 떠 있는 저 별들을 보며 "예쁘다"를 수십 번씩 외치곤 했다. "야, 너는 '예쁘다'라는 말밖에 모르니?" 나의 타박에도 아랑곳하지 않고 너는 연신 "예쁘다"고 외쳤다.

저 별들도 예뻤지만, 우리가 만난 날들은 더 예뻤다. 우리가 함께 걸었던 길, 같이 들었던 음악들, 네가 아끼던 초록색 수첩에 함께 적은 낙서들, 매 순간이 눈물 날 정도로 예뻤다. 잠을 뒤척이다가 결국 아침이 되었다. 이제 밤은 사라졌다. 밤이란 건 조금 있으면 다시 몰려오겠지만 지금은 없다. 아침이니까 이름 모를 꽃향이 섞인 비누에 거품을 내서 세수를 했다. 존재하지만 곧 사라질 비누 거품처럼, 다시 뭉게뭉게 피어오를 꽃향기처럼 너는 내 안에 존재했고, 존재하지 않았다.

그로부터 아주 먼 훗날, 말간 얼굴의 소년이 생각날 때쯤 달력을 힐끗 보았다.

10월이 지나가고 있었다.

모기

"그렇게 식물즙만 먹다가 죽어. 네 뱃속에 알들도 생각해야지."

지나가던 친구가 걱정스럽게 얘기했다. 모기는 고개를 돌려 먼 산을 봤다. 아무리 내가 모기라지만 누군가에게 해를 끼치고 싶지 않았다. 지나가는 사람들의 다리에서, 팔에서 동그랗게 부풀어 오른 상처들을 보면 내가 먹은 피도 아닌데 죄책감이 들었다. 어렸을 때부터 궁금했다.

"엄마, 난 왜 모기야? 나중에 왜 사람 피를 먹어야 해?"

엄마는 매번 나의 질문에 답은 안 하고 화를 내며 신신당부했다. 하얀 연기가 나는 스프레이 근처에도 가지 말고 파란불이 나오는 램프에도 현혹되지 말라는 것. 그리고 지나가다 이상한 향이 스멀스멀 피어나면 얼른 몸을 피해 다른 곳으로 이동하라는 말도 덧붙였다. 모기는 생각했다. 난 왜 이렇게 늘 피하면서 가슴 졸이며 살아야 하는 걸까. 이렇게 악착같이 살아남아서 뭐가 남지. 태어나보니 이미 갑과 을이 정해져 있는 사회에서 나의 존재 이유에 대해 오늘도 물음을 제기했다. 대답해 줄 이는 아무도 없지만.

오늘은 한강공원에 피어 있는 유채꽃에서 즙을 빨아 먹었다. 아직까지는 괜찮았다. 괜찮겠지. 괜찮을 것이다. 나는 무사히 알들을 낳을 것이다. 그리하여 대대로 구전동화처럼 널리 전해지길. 피를 먹지 않고도 알들을 낳고 살아남은 모기가 있다는 사실을, 나는 기어코 증명하고야 말 것이다.

그렇게 모기는 중얼거렸다.

 노을이 짙게 깔리는 시간. 모기는 어제와 같이 여기에 서서 한강이 까맣게 되는 것을 기다린다. 어둠이 사방으로 뒤덮이면 내가 몸을 숨기기에 더할 나위 없이 좋으니까. 그때 옆에서 나방이 말을 걸어왔다.

 "사람들은 참 바보 같아."

 그에 모기도 어떤 대꾸를 하고 싶었지만 이상한 나방 같아 말을 아꼈다. 그저 앞에 흐르는 한강을 바라볼 뿐이었다. 나방은 주변을 살피더니 모기에게 더 가까이 다가왔다.

 "저기, 뒤편에 새롭게 설치된 파란 램프 보여?"

 고개를 돌려 나방의 시선을 따라가 보니 파란 램프가 보였다. 며칠 전에 구역 관리자 두 명이 전봇대 근처에 사다리를 들고 와서 끙끙거리던 것을 봤다. 아마 저기 밑에는 수많은 벌레들 사체가 수북이 쌓여있겠지, 그런 생각이 들어 눈을 질끈 감았다.

 나방이 말했다.

"우리도 다 알고 있어. 저 파란불 근처에 가면 죽는다는 걸. 그런데도 사람들은 우리가 모르는 줄 아나 봐. 바보들."

둘 사이에 한참 적막이 흘렀다. 오늘따라 무지개 분수의 빛이 처연하게 느껴졌다. 나방은 한층 가라앉은 소리로 말했다.

"사람들이 저렇게 빛나는 한강 다리 위에서 뛰어드는 것처럼, 우리도 뛰어드는 거야. 찬란한 어떤 빛을 향해서. 우리가 완전히 연소되어 사라질 때까지. 사람들이나, 우리 모두 더 이상 생에 희망이 없으니까. 저 파란 불빛이 어쩌면 우리를 극락으로 인도해 줄 수도 있잖아. 새로운 삶이라는 건 그런 믿음에서부터 출발하지."

나방의 말을 듣는데 갑자기 알 수 없는 오기가 생겼다.

"아니요. 저는 희망이 있는걸요. 살아가는 매 순간마다 감사하고 감사해요. 물론 가끔 살고 싶지 않을 때도 있지만 그건 지나가는 일이죠. 저는 살아남을 거예요. 다 비웃어도 좋아요. 저는 누구에게도 피해를 주지 않고 생을 즐기면서 살아남을 자신 있어요. 매 순간 견디는 마음, 그게 제 삶의 원동력이죠."

나방은 날갯짓을 크게 하며 웃었다.

"아주 좋은 생각이야. 너와 같은 결기를 가진 이들 덕에 지금 세상이 만들어진 것일지도 모르지. 다 죽어버렸다면 지구상에 무엇도 존재하지 않았을 테니까."

나방은 한 바퀴를 휙 돌더니 가쁜 숨을 몰아쉰 후 이어 말했다.

"그래도 말이야. 네 말처럼 누구에게도 피해주지 않고 산다는 건 없어. 결국 우린 서로에게 해를 끼치고 받지. 그러니 단 한 번이라도 좋으니 네가 하고 싶은 걸 해. 우리의 생명과 시간은 유한하니까. 마지막으로 오늘 아주 즐거웠어."

나방은 말을 마치자마자 눈 깜짝할 사이에 파란불 속으로 날아갔다. 순간 안 돼, 라고 소리쳤으나 이미 늦었다. 날개가 파르르 떨리며 바닥으로 수직 낙하하는 나방을 멍하니 지켜볼 뿐이었다. 모기 역시 파란불에 이끌려 조금 가까이 다가갔다. 새로운 세상이 열리는 빛이라면 들어가 볼까, 그런 유혹이 불쑥 올라왔지만 파란불을 멀리하라던 엄마의 말이 떠올라 참았다. 갈 길을 잃고 한참을 그 자리에서 빙글빙글 날고 있는데 마침 모기 곁에 연인이 와서 앉았다. 날이 더워서인지 그들에게서 깊고 진한 살냄새가 밀려왔다. 그 사이 모기는 아까 나방과 나눴던 대화를 곱씹어봤다. 진정으로 내가 하고 싶었던 일이라……. 지금 나의 첫 번째 목표는 자식들을 무사히 잘 낳는 것. 그러려면 뱃속의 알들을 위해 한 번은 피를 먹어야 하지 않을까. 이제 와서 모기는 절실히 깨닫는다. 엄마가 되는 일은 참으로 모진 여정이라는 사실을. 문득 매일 내 걱정으로 잠을 설치던 엄마가 그리워졌다. 그래. 오늘 하루는 나도 보통의 평범한 모기처럼 살아보자. 모기는 속으로 큰 결심을 한 채 웃으며 대화하고 있는 연인에게 다가갔다.

얼마 지나지 않아 여자는 짝 소리가 날 정도로 한 쪽 팔을 크게 쳤다.

"잡았어?" 남자는 놀란 눈으로 물었다.

"응. 오늘따라 한강에 모기가 너무 많다."

여자는 대답했다.

"여름이라 그렇지. 여기서 조금 걷다 보면 웨이브 아트센터에 카페 있거든. 밖에 있지 말고 거기 들어가자."

"그래. 그러자."

연인은 자리에서 일어나 유유히 걸어갔다. 서로의 얘기가 뭐가 그리 재밌는지 크게 웃으면서.

공원 스피커에서 신나는 유행가가 흘러나왔다. 몇 분이 지나자 무지개 분수가 시작되면서 오색 빛들이 사방으로 흩어졌다. 사람들은 삼삼오오 모여 그 앞에서 사진을 찍거나 흘러나오는 노래를 흥얼거렸다. 바닥에 떨어져 숨이 간신히 붙어있던 모기는 마지막으로 고개를 들어 한강 다리를 보았다. 색색의 빛은 모기의 시야에서 자꾸 뿌옇게 번졌다. 그제야 늘 보던 무지개 분수에서는 한 번도 보지 못했던 새로운 빛이 보였다. 모기는 웃음이 슬쩍 나왔다.

−찬란한 어떤 빛을 향해서.

모기는 꺾여버린 입술 침을 들썩이며 아까 나방이 말한 그 문장을 나직이 웅얼거렸다. 몇 번이나.

안녕

 아까부터 교복을 입은 남학생이 잠수교를 향해 안녕, 이라고 소리치며 손을 흔든다. 시간을 재보니 거의 15분에 한 번꼴이었다. 학생은 손을 2분 남짓 흔들더니 누군가와 전화하고 조용히 기다렸다가 또 손을 흔들길 반복했다. 벌써 한 시간째였다. 회사에 사표를 내기 전에 한강이나 보고 울적한 마음 정리나 하려고 했는데 저 학생이 시끄럽게 하는 통에 도무지 집중할 수 없다. 나는 한강에서의 기분들을 분류하는 버릇이 있는데 오늘은 한 단어로 설명할 수 없었다. 꼭 먼지에 가로막힌 뿌연 창가에서 한강을 바라보는 기분. 그렇게 오늘을 제대로 마무리하지 못한 채 나는 자리에서 일어섰다. 요즘 연일 폭염주의보여서인지 한강 언저리는 이글이글 타올라 강물과 함께 일렁였다. 가방을 챙겨 몸을 돌리려는데 아직도 잠수교를 향해 손을 흔들고 있는 학생이 눈에 들어왔다. '그래. 저런 짓도 저 나이에만 할 수 있지'하며 실없이 웃다가 불현듯 학생 의도가 궁금했다.

"저기, 지금 뭐 하세요?" 내 말을 들은 학생은 온몸에 땀 범벅이 된 채로 고개를 돌렸다.

"아, 지금 사진 찍고 있어요."

학생 주변을 둘러봤다. 그 흔한 삼각대 하나 없었으며 그 애 손에는 어떠한 카메라도 없었다. 물론 핸드폰으로도 사진을 찍고 있지도 않았다. 나는 고개를 끄덕였다. 저렇게라도 스트레스를 풀어야지. 요즘 부모들은 자녀들한테 공부를 너무 과하게 시키는 것 같다는 생각이 들었다. 우리 모두 참으로 외로운 여름을 건너는 중이지. 내가 웃으며 돌아서자 학생이 다시 나를 불렀다.

"같이 사진 찍으실래요?"

그냥 지나칠 것을 나는 왜 또……. 순간 학생에게 먼저 말을 건넨 것을 후회했다. 그 와중에 학생은 누군가의 전화를 받더니 여기야, 소리를 질렀다. 그러자 또 다른 남학생이 밀리서 뛰어왔다. 그 학생의 손에 카메라가 들려있는 걸 보고 조금 안심이 됐다.

"저희가 사진 동아리거든요. 이번 학교 축제 때 내려고요."

"그런데 사진은 어디서 찍은 거예요? 잠수교 쪽을 보고 계속 손을 흔들던데." 나는 물었다.

"저기 잠수교 밑에 지나가는 740번 버스 보고요. 저희 사진 주제가 '사회 속의 우리'라서 버스 안에서 보이는 제 모습을 찍었어요. 저희 그룹이 네 명이라 세 명이 계속 740번 버스를 타고 있었거든요. 개네는 작품 한 장 건지려고 한강공원에서 한강중학교까지 계속 왔다 갔다 하고요. 이제 제가 버스에 타서 사진 찍을 타임이에요." 학생은 장난스러운 얼굴을 하고, 자신이 메고 있던 가방에서 카메라를 꺼냈다. 그러자 옆에서 버스 시간표를 검색하던 학생이 말했다. "마지막으로 우리 다 같이 한 장 찍을 수 있겠다."

학생은 그럴까, 하고 말했다. 그러는 사이 저 멀리 공원 초입에 740번 버스가 신호등에 서 있었다.

"어, 아줌마, 여기 와서 같이 찍어요." 학생은 내게 가까이 다가와 말했다.

"저 아줌마 아니거든요." 나는 금세 기분이 나빠져서 화난 소리로 대답했으나 학생은 아랑곳하지 않았다.

"아줌마, 저기예요, 저기. 웃어요. 손도 흔들고요." 학생은 다급하게 740번 버스를 가리키며 말했다.

나는 버스가 지나는 방향을 바라보며 웃으려고 노력했다. 얼굴이 조금 일그러진 것 같았지만 어쩔 수 없었다. 손도 흔들었는데 잘 찍혔으려나. 740번은 쏜살같이 지나갔다. 내가 온전히 잡을 수 없었던 과거의 어떤 시간들처럼.

마음 붙일 곳 없던 요즘에 불씨 하나가 튀어 연기가 피어올랐다. 점차 해가 기울어지자 윤슬이 한강 전체를 감쌌다. 사방에서 플래시를 터트리듯 아른거리며.

바다

고양이

새벽 세 시가 되면 나는 슬슬 베란다 창문에 다가간다. 주차장 중간에 고양이 네 마리가 동그랗게 모여 무언가를 속삭인다. 그렇게 얘기가 끝나면 두 마리는 앉아 있고 두 마리는 저 멀리 보이는 강 쪽으로 뛰어간다. 쟤네들은 무슨 얘기를 저렇게 재밌게 하는 걸까. 여기서 아무리 귀를 쫑긋 세워도 들리지 않는다. 나는 매일 똑같은 시간에 같은 쳇바퀴를 돌리며 상상한다. 이 집을 완전히 벗어나 나도 그들과 마음껏 뛰어다니는 그림을, 완전한 나의 자유를 찾는 것을. 마침 삐삐삐삐 현관 도어락을 누르는 소리가 들린다. 주인이 퇴근했군. 나는 현관 앞으로 뛰어가 주인이 들어오면 잠깐 반가운 척을 하고 다시 베란다 창가에 앉는다. 주차장에 있던 고양이들은 모두 사라졌다. 멀리 보이는 화려했던 한강 불도 대부분 점멸되었으나 곳곳에 켜진 가로등은 밝았다. 시계를 보니 벌써 새벽 네 시. 세상은 밝은 어둠을 향해 가고 있었다.

주인이 들고 온 가방 지퍼를 열면서 나를 부른다. 밥그릇에 사료와 레스토랑에서 가져온 것들을 꺼내 붓는 소리가 들린다. 냄새를 맡아보니 오늘의 요리는 연어 스테이크였군. 나는 슬렁슬렁 걸어가 주인 앞에 앉는다. 레스토랑 요리사인 나의 주인은 항상 나를 위해 남는 재료로 음식을 만들어 온다. 예전에 주인이 친구들을 초대해서 요리한 적이 있었다. 그날 사람들이 먹다가 흘린 음식을 먹어본 기억이 난다. 그 음식들은 하나하나 간도 딱 맞고 세상 진귀한 향을 머금고 있던데 나한테 주는 음식은 하나같이 밍밍했다. 자기네들끼리만 맛있는 걸 먹다니 속으로 화가 나서 며칠 굶기도 했다. 그러다 이 모든 게 나만 손해라는 것을 깨닫고, 음식을 제때 꼬박꼬박 주는 걸로 만족하기로 했다. 그래도 오늘의 연어 스테이크 굽기는 적당하네. 저번 연어요리는 오버 쿠킹이 됐는지 식감이 너무 푸석했으니까.

주인은 다섯 시간 후면 또 일하러 나간다. 나의 아침 점심은 사료 배급통이 주기 때문에 주인이 없어도 크게 상관없었다.

매일 누군가를 끊임없이 기다리는 삶. 하루 종일 누구와도 대화하지 않고 혼자 지내는 시간이 무료했다. 창밖을 보며 혼잣말을 하는 것도 이제 지쳐갔다. 이렇게 고독한 우물에 빠져 헤엄치는 평생을 상상하니 털이 쭈뼛 선다. 나도 저 아래에 있는 고양이들과 함께 얘기하고 어울리고 싶어. 고민 끝에 나는 여기에서 탈출하기로 결심했다.

사실 알고 있었다. 몰래 길게 길러온 새끼손톱으로 까만 방충망을 옆으로 밀면 열린다는 것을. 대망의 그날을 위해 식탁에서 뛰어내리는 연습을 수없이 했다.

한 달째 되던 날, 나는 드디어 한 치의 흔들림 없이 착지했다. 그래, 오늘이다. 나는 바로 실행에 옮겼다. 녹이 슬어 잘 열리지도 않는 방충망을 손톱으로 잡고 흔들어 내 몸통이 들어갈 만큼 열었다. 그 때문에 모든 손톱이 갈기갈기 찢어지고 깨졌다. 절대 아래를 보지 말 것. 마음속으로 당부를 하며 머리끝부터 발끝까지 최대한 집중했다. 우리 집 식탁하고는 비교가 안 될 정도로 높아서 뛰어내릴 때 살짝 눈을 감았지만 발밑에 까칠한 돌바닥을 느껴져서 이내 눈을 떴다. 선선한 바람이 내 수염을 가로지른다.

집과는 공기가 아예 다르다. 이런 게 자유지. 나는 기분이 좋아서 꼬리를 세우고 한 바퀴를 돌았다. 그러다가 갑자기 전속력으로 다가오는 차에 치일 뻔했지만.

나는 주위를 두리번거리며 매번 이곳에서 모임을 갖는 고양이들을 찾았다. 근처를 한참 돌다가 이름 모를 고양이 몇 마리를 만났으나 다들 경계하는 눈으로 다가오지 않았다. 끝내 말도 한 번 못 붙여보고 정처 없이 떠돌아다녔다. 무섭게 내달리는 차를 피해 길을 건너고 건너니 드넓은 강이 보였다. 여기 오니 차가 없고 사람들만 있어서 긴장이 탁 풀렸다. 갑자기 배고팠던 나는 그 자리에 털썩 쓰러져 잠시 잠을 청했다.

시간이 얼마나 흘렀을까. 주변에서 푸드덕거리는 소리가 들려 귀를 세웠다.

"여기 고양이 굶어 죽었나봐."

"불쌍해라. 아니면 요즘 더워서 상한 음식 먹은 것 아냐?"

눈을 떠보니 비둘기 두 마리가 나를 내려다보고 있었다.

"아니, 나 살아있거든."

힘이 없었지만 일부러 큰 목소리를 냈다.

"배고파서 그런 거예요?"

나는 고개를 끄덕였다.

그러자 비둘기 한 마리가 한쪽 날개를 살짝 올리며 비밀스럽게 말했다.

"저기 편의점 옆에 수로 있잖아요. 조금 있으면 거기서 쥐들이 계 모임을 하는데 거기 가서 먹으면 되겠네요."

"뭘 먹는다고?" 나는 눈을 휘둥그레 뜨며 재차 물었다.

"쥐요. 원래 고양이는 쥐 잡아서 먹는 것 아닌가요?"

비둘기 두 마리는 이상하게 나를 쳐다봤다.

나는 입을 삐죽거리며 말했다.

"아니, 쥐는 우리 선조들이 배곯을 때나 먹었지, 요즘 시대에 누가 쥐를 잡아먹어요. 정말 웃기는 비둘기네."

"어머, 죽을 것 같아보여서 도와주려고 했더니 뭐 이런 고양이가 있어? 야, 가자."

나는 짜증이 끝까지 치밀어서 손톱을 세우려 안간힘을 썼다. 그러나 방충망 때문에 손톱들이 깨져있어서 뜻대로 세워지지 않았다.

그러는 사이 비둘기들은 자기네들끼리 구구구 말하며 날

개를 활짝 펴서 날아갔다.

그런 일이 있고 난 뒤 조금의 시간이 흘렀다.

"혹시 배고파?"

어디선가 여린 목소리가 들렸다. 눈을 슬쩍 떠보니 쥐가 서 있었다.

나는 이상한 상황을 가만히 지켜봤다. 그러자 쥐가 들릴락 말락 한 소리로 다시 말했다.

"저기 벤치에 어떤 커플이 음식을 남기고 갔어. 살짝 가서 봤는데 마른 오징어와 회도 있더라고."

쥐가 가리킨 방향으로 시선을 돌리니 벤치 위에 종이컵과 음식이 널브러져 있었다. 좋은 정보였다. 나는 누가 다가오기 전에 재빨리 벤치로 달려갔다. 혹여나 회가 상했을까 봐 냄새를 먼저 맡아봤는데 괜찮은 것 같아 눈앞에 보이는 몇 조각을 닥치는 대로 먹었다. 아까 내게 말을 걸었던 쥐도 뒤따라오더니 강물을 보며 마른 오징어를 뜯어먹었다.

"그럼 이제 우리 친구인 거야?"

내 눈치를 보던 쥐는 손에 쥐고 있던 오징어를 내려놓고 다시 말을 걸었다.

"우리가 왜 친구야?"

나는 기가 차서 대뜸 반문했다.

"내가 맛있는 음식 알려줬으니까 우리 친구 하는 거 아니야? 그럼 이제부터라도 친구 해줘." 쥐의 목소리는 처음보다 자꾸 기어들어 갔다.

"왜 내가 너와 친구 해야 하지? 난 그러고 싶지 않아. 비둘기들이 말하던데 편의점 수로에서 쥐 계 모임 한다며. 거기 가서 친구들을 찾아보렴."

나는 어이가 없었지만 꾹 참고 말했다.

쥐는 고개를 숙이더니 갑자기 훌쩍거렸다.

"나는 친구가 없어. 내가 작고 힘이 없다고 다들 나랑은 친구 안 해줘. 게다가 몇 달 전에 한강까지 범람해서 우리 집도 다 무너졌는걸. 가족들도 몽땅 잃어버렸고. 이제 내겐 아무도 없어."

쥐가 고개를 떨어뜨리자 바닥에 눈물방울이 크게 떨어졌다. 꼭 예상치 못하게 후드득 쏟아지는 여름비처럼. 어쩌지. 내게는 빗방울을 피할 우산이 없다. 내가 너무 심하게 말했나 싶어 고개를 돌려 다른 곳을 쳐다봤다. 주인이 미쉐린 가이드에 자신의 레스토랑이 실렸다며 내 앞에서 울었던 것과는 다른 차원의 울음이었다. 그러고 보니 언젠가 주인이 틀어놓은 영화에서 본 장면이 떠올랐다.

아무도 없는 종착역에서 갈 길을 잃은 사람이 서럽게 울던 모습. 내가 이 타이밍에 손수건을 꺼내줘야 하는 것일까. 아무리 뒤져봐도 그때나 지금이나 눈앞에 당착한 고민의 열쇠는 내 수중에 없었다. 내가 그저 할 수 있는 일은 멀리서 관망하는 일뿐.

"내가 네 친구가 되면 뭘 해줘야 하는데?"

나는 말했다.

쥐는 눈을 비비면서 잠시 훌쩍거리는 것을 멈추더니 고개를 옆으로 기울여 뭔가를 깊이 생각했다.

"그냥 곁에 있어 주면 돼.

친구는 서로 곁에 있어 주는 거야."

쥐는 초롱초롱한 눈빛으로 나를 바라봤다. 눈의 검은자가 아까보다 더 커진 것 같았다. 거대한 세계의 종말도 집어삼킬 만큼 그 어떤 불분명한 미래에도 두렵지 않은 표정으로. 마치 낭떠러지가 보이는 종착역 앞에서 눈물을 말리는 것도 잊은 채, 활짝 웃으며 손수건을 흔드는 쥐처럼 그렇게 나를 바라보고 있었다.

나는 혼잣말로 지금도 곁에 있잖아, 하고 중얼거렸다.

쥐는 자리에서 일어나 풀숲까지 뛰어가서 무언가를 들고 왔다.

"자, 이거 선물이야. 내일 먹으려고 숨겨둔 건데 우리 친구 된 기념으로 너 줄게."

쥐의 손에는 흙이 잔뜩 묻은 스테이크 한 조각이 들려있었다.

"스테이크는 신선한 냉장육으로, 굽기는 미디엄 웰던으

로 맞춘 다음 5분 정도 레스팅을 하지 않으면 먹지 않지만, 가져온 너의 성의를 봐서 먹어줄게."

나는 급하게 말을 마친 후 스테이크를 한입에 덥석 물어 먹었다. 스테이크에 간이 세서 그런지 씹을수록 목이 말랐다. 눈앞에 종이컵에 담긴 물을 마시려 고개를 숙이니 쥐가 소리쳤다.

"안 돼. 술이야. 아빠가 그거 마시면 죽는다고 했어."

"괜찮아. 술은 우리 주인이 좋아했던 음료였거든. 이거 마셔도 안 죽어. 그랬으면 저 사람들 다 죽지."

고양이는 벤치 뒤편에 돗자리를 깔고 앉아서 시끄럽게 떠들며 부어라 마셔라 하는 사람들을 바라봤다.

"내가 많이 마셔봤는데 이거 마시면 살짝 기분만 좋아져. 그뿐이야. 나는 대수롭지 않게 말하고 종이컵에 담긴 투명한 술을 할짝할짝 핥았다."

쥐는 나를 빤히 보더니 두 손으로 술을 조금 떠서 마셨다.

"너무 쓰다."

쥐는 얼굴을 잔뜩 찌푸리며 기침을 했다.

우리는 말없이 벤치에서 한강을 바라봤다. 물결은 갓 잡아 올린, 숨을 펄떡이는 생선처럼 출렁거렸다. 나는 한 손을 들어 허공에서 물결을 쓰다듬었다. 꼭 생선의 눈을 감겨 주듯이, 그들의 마지막 순간을 추모하듯이.

"우리가 친구가 되어서 그런가 봐. 기분이 너무 좋아졌어." 쥐가 눈을 반쯤 감으며 말했다.

"술 때문이야." 나는 애써 그렇게 말했지만 술을 마시기 전부터 기분이 좋아진 것을 부인할 수는 없었다. 잡히지 않았던 하루의 끝이 이제야 온전히 잡힌 것 같았다.

어떤, 진실 같은 것

 수지가 경찰이 되어야겠다고 생각한 것은 아주 오래 전 일이었다. 어떤 영화에서 푸른 제복을 입은 남자를 보며 그녀는 결심했다. 커서 꼭 경찰이 되어야겠다고. 후에 그 영화가 중경삼림이라는 것과 경찰을 연기한 남자가 양조위라는 것을 알게 됐다. 그에게는 진실한 눈빛이 있었다. 어쩌면 그 눈빛에 홀렸던 것일지도 모르겠다. 물론 진실한 눈빛의 속사정은 알 수 없었지만 적어도 영화 속 양조위의 연기는 진실했다. 그러나 매번 시험에 낙방할 때마다 영화를 보고 경찰이 되겠다고 한 것이 얼마나 황당하고 낭만적인 얘기였다는 것을 절감했다. 그사이 학원 옆자리에 앉던 친구들은 대부분 합격하거나 또는 진로를 바꿔 나갔다. 시간이 흐를수록 노량진에 들어올 때의 큰 포부는 서서히 잊혀갔다. 그렇게 날마다 별거 없이 고시원과 독서실, 학원을 오가며 무료하게 살았다. 그날도 수업을 마치고 터덜터덜 걸어서 학원 문을 나서는데 뒤에서 누군가 수지 이름을 불렀다. 예전에 친하게 지냈던 학교 선배였다. 잠시 서서 대화해보니 선배 역시 몇 년째 경찰공무원 시험에 도전하고 있었다.

"너, 주말에는 고시원에서 인강 듣니?"

"네. 왜요?" 수지는 물었다.

"다름이 아니라 좋은 알바 자리가 있는 데 관심 있으면 해도 좋을 것 같아서."

좁은 길에 차 클락션 소리가 울려 퍼지며 순식간에 차들이 뒤엉켰다. 학원가는 늘 극심한 교통체증에 시달렸지만 학원 수업이 끝나는 오후가 되면 자식을 데리러 온 극성 부모들 때문에 차 막힘이 더 심해졌다. 선배는 목소리를 조금 더 높여서 말했다.

"반포한강공원에 와인바 크게 생긴 것 알아? 나는 일요일 밤에 거기서 근무하거든. 토요일에 관리할 여자 한 명, 남자 한 명 더 충원하길래 너 생각 있으면 하라고."

수지는 고개를 대충 끄덕이다가 관심 없다는 듯 시선을 반대편으로 돌렸다.

"생각보다 쉬워. 그냥 서 있으면 되니까. 게다가 그럴듯한 제복도 주고." 선배는 수지를 잡고 계속 설득하듯 얘기했다.

"그럴듯한 제복이요?" 수지는 픽 웃으며 말했다.

"응, 경찰처럼 푸른색 옷이야. 그거 입고 서 있으면 꼭 경찰이 된 것 같다니까."

수지는 생각해 보겠다고 말한 후 천천히 걸어 편의점으로 들어갔다. 고심 끝에 사이다 한 캔을 사서 나왔다. 맞은편 카페에서 프라푸치노를 한 잔씩 들고 나오는 학생들을 보니 사이다가 초라해 보였다. 정말 시간을 쪼개서라도 용돈을 벌어볼까, 싶은 마음이 스멀스멀 올라왔다.

사이다를 반 정도 마시다가 입안에 꺼진 탄산의 단맛만 돌자 홧김에 선배에게 전화를 걸어 알바를 하겠다고 했다.

다음날 바로 면접 비슷한 것을 봤고 수지는 그다음 주 토요일부터 일을 시작하게 됐다. 그날 선배가 했던 말이 맞았다. 알바는 굉장히 쉬웠다. 푸른색 제복을 입고 와인바 문 밖에서, 문 안에서 1시간씩 교대로 멀뚱히 서 있기만 하면 되었다.

수지는 문에 비친 자기 모습을 물끄러미 보다가 경찰이 되면 이런 모습이겠지 싶어 조금 흐뭇해했다. 세 시간쯤 흘렀을 무렵, 마침 쉬는 시간이라 뭐라도 마실 겸 와인 바에서 조금 떨어진 편의점으로 길을 나섰다. 가다가 잠시 멈춰 한강에 한눈판 사이 멀리서 어떤 중년 부부가 수지를 향해 달려왔다.

"경찰 맞죠? 저기 다리 위에서 학생이 뛰어내리는 걸 봤어요."

숨을 헐떡이던 아줌마 한강을 가리키며 발을 동동 굴렀다. 사람이 떨어졌다기에 한강 물결은 너무 잔잔하게 흘렀다. 수지는 자신은 경찰이 아니라고, 근처 와인 바에서 근무하는 사람이라고 했다. 또, 자세한 상황을 자신에게 얘기해주면 대신 119 신고도 해주겠다고 말했다. 아줌마와 아저씨는 119 신고는 한 지 오래인데 한참을 기다려도 구급대가 안 와서 그렇다고 말한 후 바로 뒤돌아섰다. 찰나였지만 그들의 원망 섞인 눈빛을 수지는 느꼈다.

그런 눈빛은 작년에도, 재작년에도 본 적이 있었다.

"그래서 너, 또 시험이 안 됐다고? 다음에는 되겠지. 뭐……."

그것은 꼭 가족들과 친척들이 억지 덕담과 함께 보내던 차가운 눈빛 비슷했다.

"경찰도 아니면서 경찰복은 왜 입고 있는 거야. 정말."

아줌마, 아저씨가 다른 방향으로 뛰어가는 탓에 거리는 멀어졌지만 그들이 나누는 대화는 수지에게까지 생생히 전해졌다. 삽시간에 얼굴이 붉어진 수지는 왼손으로 빳빳하게 잘 다려진 오른쪽 소매를 꽉 잡았다가 폈다. 이러한 기분을 잊기 위해 빠른 걸음으로 편의점에 달려가 콜라를 사서 쉬지 않고 마셨다. 편의점 밖으로 나와 다시 와인바로 향하는데 웅성거리는 소리가 들려 그쪽을 바라봤다.

빨간 불이 세차게 돌아가는 구급차가 서 있었고, 그 주변에 사람들이 둥글게 서 있었다. 수지는 사람이 모여 있는 곳으로 걸음을 옮겼다. 거기에는 하얀 방호복을 입은 구조대원이 어떤 학생에게 심폐소생술을 하고 있었다. 자세히 보고 싶어서 어깨로 조금씩 밀치며 앞으로 나아갔다. 사람들 머리 사이로 핏기 없는 하얀 손목 하나가 심폐소생술 박자에 맞춰 계속 들썩이는 게 보였다. 얼마 지나지 않아 그는 학생에게 심폐소생술 하기를 멈추더니 허겁지겁 차 뒷문을 열고 간이침대를 꺼내면서 운전대에 앉아 있던 다른 구조대원에게 손짓했다. 그러자 대기하던 구조대원은 재빠르게 차에서 내려 간이침대에 학생을 눕혀서 실었다. 순식간에 차에 올라탄 그들은 그 자리를 유유히 떠났다.

수지는 목 주변 근육이 뻣뻣해지는 게 느껴져 급히 자리에서 나오려고 애썼지만 구경하는 사람들 사이에 끼어 옴짝달싹 못 했다. 구급차 근처를 겹겹이 에워싸던 사람들은 구급차 소리가 먼발치에서 들릴 때쯤이 되어서야 한 마디씩 던지며 뿔뿔이 흩어졌다.

"오늘이 10월 모의고사 성적표 나오는 날이지? 이번 모의고사가 그렇게 어려웠다며."

누군가를 온전히 이해한다는 것은 퍽 힘든 일이다. '대략'이라던가, '어림잡아' 같은 단어들을 쓰며 사람들은 타인의 삶을 추정하려 하지만 그것은 말 그대로 추정일 뿐 누구도 진실을 알 수 없다. 사건의 진실, 그러니까 학생이 그런 선택을 한 것은 모의고사 때문이었는지, 집안 사정 때문이었는지, 또는 발을 헛디뎠는지는 아무도 모른다. 제삼자가 할 수 있는 일이라고는 아슬아슬하게 외줄타기하는 타인의 삶이 한순간에 무너지는 것을 그저 목도하는 것뿐.

 수지는 무심코 고개를 들어 하늘을 봤다. 하늘에는 학생의 흰 손목을 닮은 낮달이 구름에 가렸다가 나왔다가 했다. 꼭 심폐소생술 박자에 맞춘 것처럼.

파인애플

"이거 원래 5천 원이잖아요."

계산대에 선 아주머니는 내게 돗자리를 던지며 말했다. 눈을 돌려 벽시계를 보니 편의점 알바가 10분 남았다. 주어진 10분 동안 마감도 해야 하는데 돗자리 가격 상승 이유에 대해 설명해야 한다는 사실에 부아가 치밀었지만 아랫입술을 잘근잘근 씹으며 참았다.

"돗자리는 이번 주부터 가격이 올랐어요. 7천 원으로요.

자재비용 상승으로 그런 것 같습니다."

지지 않으려고 아주머니의 눈을 똑바로 응시하며 말하니 아주머니는 그래도 이건 아니지, 라는 말을 반복하다가 풀이 죽은 듯 계산대에 돗자리를 그대로 두고 나갔다. 한숨을 쉬며 계산대에서 돗자리를 치우는데 뒤에서 이를 지켜보던 점장님이 말을 건넸다.

"참, 창고에 돗자리 불량인 것들 남았는데 필요하면 하나 가져갈래? 어차피 가격도 올랐고, 반품 시기도 놓쳐서……."

나는 듣는 둥 마는 둥 고개를 끄덕였다. 마감 시간까지 8분이 남았다. 그사이 청소 도구 정리도 끝내고 마감도 그럭저럭했다. 목을 이리저리 돌리며 창고에 들어가 어젯밤 남은 삼각김밥도 챙겨서 나왔다. 다 정리했나 싶어 돌아보니 택배 상자 정리를 안 했다. 힘겹게 창고에 다시 들어가 철제 서랍장에 상자들을 올려놨다. 그러다 문득 서랍장 위로 돗자리 몇 개가 눈에 보였다. 아까 돗자리를 가져가도 좋다는 점장님의 말이 떠올랐다. 중간에 끼어있는 돗자리 하나를 골라 바닥에 펴보니 중간에 뚫린 작은 구멍 때문에 반품이 들어온 것 같았다. 이만하면 쓸 수 있을 것 같아서 돗자리도 하나 챙겼다. 편의점 문을 나서자마자 여러 방향에서 찬바람이 불어온다. 한강에서 맞이하는 아침 공기는 익숙했지만 언제나 새로운 세계로 데려다준다. 시야에 조깅하는 사람들, 전속력으로 바이크를 타는 사람들이 나의 프레임에 불쑥 들어왔다가 사라졌다. 편의점 앞 한강 풍경을 조용히 바라보다 기지개를 켰다. 생각해 보면 어제 새벽 근무는 조금 힘들었다. 무슨 일인지 어제따라 술 취한 사람도 많았고, 말도 안 되는 소리를 하며 이상하게 떼쓰는 사람들이 많았다. 원래 알바가 끝나면 곧장 집에 가서 자는데 오늘은 너무 지쳐서 잠시 쉬고 싶었다. 잔디밭에 가서 돗자리를 편 다음 다리를 쭉 펴고 앉았다. 한강을 물끄러미 바라보다가 고개를 저었다. 어제까지 회색이었던 한강이 파란색으로 보이는 건 뭐지. 내 눈이 이상한 건가. 혼잣말을 하고 있는데 옆에서 누군가 말을 걸어왔다.

"아니, 아까 그 편의점 학생 아니야? 학생은 돗자리 가지고 있었네."

고개를 돌려보니 아까 계산대에서 돗자리로 실랑이를 벌이던 아주머니가 서 있었다. 아주머니는 아까와 달리 급격하게 상냥해진 얼굴로 나를 바라봤다.

"돗자리도 넓은데 여기 앉아도 되죠?"

아주머니의 말은 질문이 아니라 거의 통보에 가까운 수준이었다. 나는 어이가 없어서 아무 대답도 못 하고 있는데 아주머니는 벌써 돗자리에 엉덩이를 들이밀었다. 나는 반쯤 포기한 채로 다시 한강을 바라보았다. 상관하지 말자. 내 옆에는 아무도 없다, 없다, 없다. 점점 나는 나만의 심연으로 빠져들어 갔다. 강 속에는 무엇이, 어떤 것이 가라앉아 있을까. 조용히 머릿속으로 억겁의 물결을 벗겨내는 상상을 했다. 나를 짓누르는 것들에 대해서. 미래를 가로막는 것들에 대해서. 나는 무엇일까. 어떻게 살아야 할 것인가.

우리는 그렇게 한참을 앉아 있었다. 그러다 아주머니가 운을 뗐다.

"학생은 배고프지 않아요?"

"전 괜찮은데요. 여기 삼각김밥도 있고요."

나는 가방에서 주섬주섬 김밥을 꺼내 보여줬다.

"아니, 김밥 하나 가지고 아침이 돼요? 피자 시킬 건데 같이 나눠 먹어요."

아주머니는 핸드폰에서 배달 앱을 이리저리 보고 있었다. 아침부터 피자라니 뭐 싫지는 않지만 그렇다고 좋지도 않았다.

"그런데 학생. 여기 타투한거예요?"

아주머니는 내 오른팔 위에 있는 파인애플을 물끄러미 바라보며 물었다.

"아니요. 아직 타투 할 용기가 안 나서요. 스티커 붙인 거예요."

나는 부끄러워서 황급히 왼손으로 오른팔을 문질렀다.

파인애플은 순식간에 빨갛게 부어올랐으나 지워지진 않았다.

"하트도 있고, 별도 있고…. 요즘 예쁜 타투 스티커들 많은데 왜 하필 파인애플이에요?" 순간 질문이 무례하다고 생각되었지만 또 궁금할 수도 있겠다는 생각이 들었다.

"제가 파인애플 같아서요. 겉은 뾰족하고 날카롭지만 안에는 달콤한 그런 사람이거든요. 아니, 그런 사람이고 싶어서요."

내가 말하면서도 무슨 말을 하는 건지 전혀 모르겠다. 이유가 어찌 됐든 나는 파인애플을 좋아하니까.

아주머니는 한참 고개를 끄덕이다 말고 한쪽 소매를 걷어올렸다.

"나도 요즘 사람들처럼 타투 같은 거 하면 이상하려나?"

"아니요. 어때서요. 저 스티커 많은데…." 나는 가방 지퍼를 열고 밑바닥을 더듬었다. 그저께 산 타투 스티커들을 한 움큼 집어서 아주머니에게 보여줬다. 아주머니는 스티커

하나하나 살피더니 큰 결심이라도 한 것처럼 비장한 표정으로 나도 이거, 라고 말하며 파인애플을 골랐다. 나는 파인애플 스티커를 조심스레 떼어서 아주머니 팔에 붙여드렸다. 아주머니는 기분이 좋은 듯 웃으면서 스티커를 붙인 팔에 계속 후후 불었다. 그러다 말고 고개를 들고 내게 물었다.

"우리 하와이안 피자나 먹을래요? 파인애플 스티커 붙인 기념으로."

나는 웃으며 "좋아요." 하고 답했다. 아주머니는 핸드폰을 꺼내 배달 앱을 다시 켰다.

우리 앞에 펼쳐진 한강은 조용했다. 나는 생각했다. 우리는 사실 파인애플 같은 사람들이라고. 그런 생각을 하니 피식 웃음이 나왔다.

바다 I

바다가 되게 해주세요. 이렇게 빌었던 것 같다. 최후의 순간에도 잊지 않았던 소원.

나는 눈을 떴다. 내 몸은 매우 작고 가벼워진 것처럼 붕 떠 있었다. 혹시 내가 물이 된 걸까. 여기가 바다인가. 속으로 자문하다가 이번에는 크게 목소리를 내었다. 여기가 바다인가요? 그러자 입을 틀어막고 키득거리는 소리 비슷한

게 들려왔다. 나는 주변을 두리번거렸다. 옆에는 투명하고 작은 물방울들이 여기저기 흩어져 있었다. 여기가 어디죠? 이곳이 정녕 바다인가요? 나는 옆 물방울에게 재차 물었다.

바다 같은 소리하고 있네. 보면 몰라요? 여긴 콜라병이잖아요. 물방울은 귀찮다는 듯 얘기했다.

순간 병마개 주변에 맺혀있던 물방울들이 바닥에 타닥타닥 떨어졌다. 정신이 번뜩 들었다. 나는 내가 그토록 원했던 바다가 되지 못했구나. 그랬다. 우리는 모두 콜라병에 붙어있는 하찮은 물방울들이었다. 아래를 내려다보니 아까 떨어진 물방울들이 아스팔트에 서서히 스며들고 있었다. 시간이 조금 더 지나면 증발하여 사라질 물방울들. 나의 작은 몸에서 크게 부풀어 오르면 나도 이들처럼 바닥으로 떨어질 것이다. 그리고 사라지겠지. 모든 삶의 슬픈 순환이 그러하듯.

콜라병을 든 사람은 어디에 기는 걸까. 병이 좌우로 흔들리는 바람에 심한 멀미가 났다. 나는 눈을 감고 몸을 최대한 콜라병에 납작하게 밀착시키려 노력했다. 생각만큼 쉽지 않았지만 예전에 체육 시간에 매트에 누워했던 스트레칭을 떠올렸다. 나는 늘 책상에만 앉아 있어서 그런지 남들보다 운동신경이 없었다. 지금도 허벅지 햄스트링 스트레칭을 했던 날을 떠올리면 죽을 것 같은 기분이 든다. 바닥에 앉아 두 손을 뻗어 발가락을 잡는 운동. 두 손이 부들부들 떨리자 그렇게 하면 안 된다며 내 등을 강하게 짓누르던 체육 선생님도 기억났다. 이런 생각을 하는 찰나에 바로 위에서 한 물방울이 미끄러지며 나를 심하게 쳤다.

아팠지. 미안. 그런데 아까 바다 얘기한 애가 너였니? 물방울이 물었다. 내가 응, 이라고 대답하자 물방울은 그래? 잘하면 너 바다에 갈 수도 있겠다, 고 말했다. 아니, 어떻게? 나는 놀라서 꼬치꼬치 캐물었다. 저기 앞을 봐. 지금 콜라병 들고 있는 애가 한강까지 왔잖아. 운이 좋아서 한강에 네가 떨어지게 되면 바다까지 갈 수 있지 않을까? 물론 확

률적으로 말이 안 되는 일이겠지만……. 물방울은 말끝을 흐렸다. 눈을 떠보니 눈앞에는 노을이 걸린, 불그스름한 한강이 있었다. 물방울의 시답잖은 농담이었지만 나는 그렇게 듣고 싶지 않았다. 어쩌면 그럴지도 몰라, 그런 가정법은 자꾸 나를 흥분시켰다. 정말 어쩌면, 드넓은 바다로 나아갈 수도 있을지도 모른다. 그사이 나는 이제껏 내 방에 켜켜이 쌓아왔던 바다 사진들을 한강에 뿌리는 상상까지 했다.

콜라병 주인과 친구의 대화를 들어보니 그들은 곧 유람선을 탈 것 같았다. 유람선이라면 내가 강으로 떨어지기 퍽 쉬울 것 같았다. 곧 바다에 갈 수 있다는 생각에 뛸 듯이 기뻤다. 눈을 감고 숨을 크게 쉬었다. 눈을 천천히 떠서 아래를 보니 출렁거리는 한강 물이 보였다. 마음 같아서는 빨리 뛰어내리고 싶었지만 막상 쉽지 않았다.

한참을 애쓰고 있는 내가 안쓰러웠는지 아까 말을 걸었던 물방울이 조금 더 다가왔다.

힘을 빼 봐. 그래야 미끄러지지.

힘을 빼도 안 돼. 나는 안 되나 봐. 나는 떨어지기 위해 안간힘을 쓰며 답했다.

아직 네 몸이 작아서인가? 물방울의 말이 끝나기가 무섭게 다른 물방울이 내 옆으로 흘러 내려왔다.

다른 물방울과 내 몸이 합쳐지자 순식간에 내 몸은 크게 부풀어 올랐다. 내가 속으로 하나둘 셋을 외치기 전에 우리는 그대로 한강 물에 떨어졌다.

물살을 가르며 천천히 나아가는 일. 세상에 무엇 하나 하찮은 존재는 없다는 것을, 이제야 깨닫는다. 나는 끊임없이 물방울 사이로 미끄러지고 부딪혔다. 어떠한 기약도 없이 최선을 다하는 삶에 대해. 드넓게 펼쳐진 바다에 다다르기를. 그리고 바다를 꿈꾸는 일은 멈추지 말 것. 물속에 떠다니는 분절된 문장을 잡아 가파른 호흡으로 내뱉었다. 들을 이는 아무도 없었지만.

바다 Ⅱ

죽기 전에 이렇게 빌었어. 바다가 되게 해주세요.

왜인지 모르겠어. 그 순간만큼은 진심으로 간절히 빌었던 것 같아. 얼마나 시간이 흘렀던 걸까. 정신을 차리고 눈을 떠보니 저 멀리 모래언덕 위로 사람들이 보였어. 모두들 나를 향해 뛰어오고 있었지. 순간 이상한 기분이 들어 나는 손을 뻗어 내 몸을 더듬었어. 셀 수 없는 많은 물방울들이 내 몸을 감싸고 있더라. 난 그제야 깨달았지. 정말 난 바다가 되었구나. 드디어 내 소원이 이뤄졌다고 소리쳤어.

물론 아무도 못 들었겠지만.

그날부터였을 거야. 사람들은 나를 향해 달려오고 내게 뛰어들었어. 나는 최대한 포근히 안아주었지. 날 사랑하는 사람들이 부디 내 곁에 있길, 영영 떠나지 않았으면 좋겠다고 생각했거든. 그리고 내 앞에서 사진을 찍거나, 사랑을 맹세하는 사람들도 있었어. 파도가 심하게 일렁여서 숨이 벅차오를 때도 나는 최대한 그 모습들을 보고 또 보려고 했어. 그때마다 나는 그들에게 사랑해, 라고 속삭였는데 그들이 들었을지 모르겠네. 나는 내 주변을 서성이는 사람들에게, 내 속에 살고 있는 조개처럼 작고 가여운 어떤 존재들에게 나는 온 마음을 다해 사랑한다고 말했어. 혹 내 마음이 가닿지 않더라도 괜찮았어. 그 순간만큼은 난 진정 행복했거든.

그런데 밤이 몰려오면 얘기가 달랐어. 그런 기쁨은 잠시 뿐이었지. 내가 안아주었던, 내가 사랑했던 사람들은 다 사라져 버리고 말았어. 밤이 된다는 건 말이야. 완전한 혼자가 되는 것이었지. 자려고 눈을 감았는데 눈 끝에서 볼 아래쪽까지 물이 계속 흘렀어. 이러다 해일이 일어날지도 몰라. 그럼 사랑하는 사람들이 다 다치고 말 거야. 나는 얼른 눈물을 그치고 싶었는데 마음대로 되지 않았어. 어쩌지. 그렇게 바다가 되고 싶었잖아. 왜 이제 와서 후회하는 건데.

그렇게 한참을 흐느끼고 있는데 한 소녀가 내게 다가와서 말을 걸었어.

"아까보다 파도가 갑자기 세졌다. 바다야, 화났니?"

나는 울음을 멈추고 가만히 숨을 참았어. 그러자 소녀는 씽긋 웃으며 말했지.

"와, 파도가 잠잠해진 걸 보니 이제 화 풀렸구나. 바다야. 그럼 잘 자."

소녀는 내게 한참 손을 흔들더니 그렇게 모래 언덕 너머로 뛰어갔어.

문득 아주 어렸을 적에 느꼈던 기분이 들었지. 바닷가에서 모래성을 쌓고 있었는데 처음 보는 남자아이가 옆에 앉더니 내게 줄 게 있다고 말했어. 아까부터 널 보고 있었다면서 손바닥을 내밀라고 했지. 나는 모래성 쌓기를 멈추고 모래가 잔뜩 묻은 손을 그 애에게 내밀었어. 그랬더니 그 애는 내 손에 있던 모래를 두 손으로 훌훌 털어내더니 하트 모양의 작은 조개껍데기를 내게 꼭 쥐여줬어.

"잃어버리지 마. 영원히 간직해줘."

이렇게 말하면서 말이야.

사랑에 빠지는 건 한순간이었어. 순간은 마침내 영원이 되었지. 조개껍데기를 꼭 쥐었던 그 시절 기분이 생생하게 떠오른다는 것은 뭘까.

그래. 나는 또 사랑에 빠졌다는 거겠지.

소녀가 다녀간 다음, 또 며칠을 거기 있던 기억들을 주워 담아 간신히 살아갔어. 소녀를 생각하는 일, 춥고 어두운 밤 언저리에서 내가 할 수 있는 일은 그것뿐이었으니까.

그러던 어느 날, 소녀가 그 자리에 다시 왔어. 나는 기뻐서 어쩔 줄 몰라 하다가 숨을 참았지. 혹시라도 파도가 거

세져서 소녀가 도망갈까 봐 걱정됐거든.

　소녀는 말했어.

"바다야, 안녕, 잘 지냈어? 오늘 내가 재밌는 걸 가지고 왔거든. 잘 봐."

　소녀는 내게 가까이 다가와 상자에서 폭죽을 하나 꺼내서 불을 붙였어. 그러자 공중에 흩어진 불꽃들이 내 안으로 후두둑 떨어졌지. 시간이 멈춘 것 같았어. 그래. 그 불꽃들은 서서히 내 안에서 영원이 될 거야.

　나는 그렇게 사랑을 믿기로 했어.

인스타그램 사진을 영화로 만들어드립니다.

 당신의 사진도 영화가 될 수 있습니다. 인스타그램 사진 한 장으로 영원히 잊지 못할 영화를 만들어보세요.

 "이거 봐. 요즘 우리 학교 영화과 학생들이 만드는 것 봤어?"
 수지는 눈을 동그랗게 뜨면서 내게 다짜고짜 핸드폰부터 내밀었다. 거기에는 영화과 인스타그램이 있었다. 자세히 보려고 스크롤을 내려 보니 게시물마다 사진 한 장과 각각의 영화 시놉시스가 적혀있었다.

"이게 뭔데?"

나는 핸드폰을 돌려주며 시큰둥하게 대답했다. 그러고는 작은 컵에 남은 에스프레소 한 방울까지 털어 마시고 한 잔을 더 주문하려고 일어섰다.

"잠깐만, 가지 말고 이것 좀 다시 보라니까."

수지는 약간 짜증 섞인 소리로 내 팔을 잡으며 말했다. 나는 다시 자리에 앉았다.

"우리도 이거 하자. 이거 지난주에 혜지도 신청해서 남자친구랑 했는데 재밌다고 했단 말이야."

수지는 신난 표정으로 설명하기 시작했다. 내용은 이러했다. 이 프로젝트는 영화과 학생들이 격주마다 작품을 제출해야 하는데 소재 고갈로 고민하던 중 영감도 얻을 겸 시작한 것이었다. 영화과 학생들에게 신청 DM을 보낸 후, 서로 시간을 조율해서 원하는 장소에서 만난다. 1시간 동안 원하는 장소에서 영화과 학생들이 사진을 찍어주고 그중에 한 장을 골라 사진에 어울리는 영화 시놉시스를 짧게 써주는 방식이었다. 물론 장르는 선택 불가. 수지는 얘기 도중에 크게 웃으며 혜지의 시놉시스도 보여줬다. 혜지와 남자친구가 나란히 선 뒷모습이었는데 시놉시스를 읽어보니 좀비가 나오는 공포물로 표현되어 있었다. 그러니까 이들의 뒷모습은 좀비에게 먹히기 전의 마지막 순간이었던 것이었다.

나는 별 관심이 없었지만 결국 수지의 등쌀에 밀려 그 프로젝트에 신청했고, 공강인 날에 모여 한강공원에서 사진을 찍기로 했다. 시간이 흘러 드디어 사진 찍는 날이 되었다. 수지는 거금을 들여 공원 근처 와인바에서 가장 큰 피크닉 세트 A를 빌려서 왔다. 피크닉 세트에는 체크무늬 돗자리, 조화로 된 튤립 세 송이와 와인잔, 잘게 썰린 치즈들과 신선한 해산물이 올라간 유부초밥, 비싸서 마셔 본 적 없는 샴페인과 와인, 그리고 자몽에이드까지 포함되어 있었다.

"이 정도로 준비했으면 로맨스 영화 한 편이 나오겠지?"

수지는 와인 잔에 레드 와인을 가득 부으며 기대에 찬 목소리로 말했다.

"꼭 로맨스 영화일 필요가 있나?"

나는 대답했다.

"이렇게 좋은 분위기에서 사진 찍으면 발랄한 청춘 로맨스 영화가 나올 거야. 마치 우리 미래처럼."

수지는 잔을 들며 눈을 찡긋거렸다. 우리가 와인 한 잔을 다 마시고 나서야 영화과 학생 세 명이 도착했다. 늦어서 죄송하다는 말과 함께 세 명 모두 각자의 카메라 셔터를 누르기 시작했다. 막무가내로 들리는 셔터 소리에 우리가 계속 어색한 표정을 짓자 그들은 평소처럼 자연스럽게 행동하라고 우리에게 당부하더니 멀찌감치 떨어져서 사진을 찍었다. 나는 샴페인과 와인을 번갈아 마시자 커피 생각이 간절하게 났다. 그러다가 나도 모르게 에스프레소 한 잔 마시고 싶어, 라고 말했다. 수지는 언성을 조금 높이며 여기에 마실 게 얼마나 많은데 그런 투정을 부리냐고 했다. 촬영 막바지가 될 무렵 나는 화장실에 잠깐 다녀왔다. 수지는 언제나 그랬듯 내가 손을 씻고 오면 꼭 핸드크림을 발라줬다. 오늘도 역시 가방에서 까만 통을 꺼냈다.

"손이 튼 게 아직도 안 나았네."

수지는 까만 통에서 핸드크림을 크게 덜어 내 손에 악수하듯 포개어 발라줬다. 영화과 남학생 한 명이 셔터를 누르다 말고 가까이 와서 물었다.

"향이 여기까지 나네요. 이게 핸드크림인가요?"

수지는 까만 통을 내밀며 말했다.

"발라보실래요? 다른 사람들은 향이 진해서 싫어하더라고요. 그런데 손이 트고 거칠어졌을 때는 이만한 크림이 없던데요."

학생은 통을 들어 이리저리 보더니 뚜껑을 열어 냄새를 맡았다.

"아, 러쉬 핸디구루구…. 꼭 피스타치오 향 같아요."

"어머, 피스타치오 향이 이런가요?"

수지가 물었다.

"사실 잘 모르는데요. 그냥 피스타치오 아이스크림 색이랑 비슷해서요."

남학생은 머쓱한 표정으로 핸드크림을 돌려줬다. 그렇게 한 시간이 흘러 우리는 촬영을 마치고 헤어졌다.

그로부터 사흘쯤 지났을까. 수지에게 갑자기 우는 목소리로 전화가 왔다. 수지는 지금 당장 영화과 인스타그램을 확인해보라며 귀가 따가울 정도로 소리를 질렀다. 자신이 주인공이 아니라서 화가 난다나 뭐라나. 우리가 준비했던 피크닉 세트도 아무 소용이 없었다며 징징대는 탓에 도통 정신이 없었다. 나는 전화를 끊고 당장 인스타그램을 확인했다. 최근 게시물을 보니 우리가 손을 겹쳐 핸드크림을 바르던 사진 한 장이 올라와 있었고, 그 밑에는 시놉시스가 적혀있었다.

— * — * — *

우리의 사랑이 끝난다 해도
우리의 향은 영원히 남을 거예요.

 지극히 평범한 회사원 준수는 젊은 시절 첫사랑과의 연애에 실패하고 꽤 오랜 시간 혼자 있다가 부모님으로부터 소개를 받아 결혼 했다. 죽을 만큼 사랑해서 한 결혼이 아니라서 결혼 생활은 크게 좋지도, 나쁘지도 않았다. 준수와 아내의 관계에는 서로의 동거인처럼 항상 보이지 않는 선이 있었고 그것을 절대 넘으면 안 되는 분위기였다. 오늘도 여느 때와 마찬가지로 준수는 아내와 저녁을 먹고 설거지를 했다. 고무장갑을 벗자 빨갛게 튼 손이 보였다. 언젠가 낫겠지, 속으로 말하며 손을 바지에 쓱쓱 문지르는데 싱크대 위에 러쉬 쇼핑백이 보였다. 쇼핑백을 열어보니 핸드크림, 바디크림, 스킨들이 들어있었다. 아내는 물을 마시러 부엌으로 나오다가 준수가 러쉬 쇼핑백을 든 모습을 보았다. 아내가 말하길, 회사 1층에 러쉬 매장이 있는데 오늘이 일 년에 한 번 하는 러쉬 세일 하는 날이라 회사 동료들과 가서 처음으로 이것저것 사 왔다는 것이었다. 집에 오는 길에 뚜껑을 열어 냄새를 맡아보니 향이 너무 진하고 머리 아파서 누굴 줘야 하나 고민 중이라는 말도 덧붙였다. 준수는 흔쾌히 자기가 다 갖겠다고 했다. 아내는 별 관심 없다는 듯 고개를 끄덕이며 방으로 들어갔다. 준수는 식탁에 앉아 에스프레소 기계 앞에 컵을 바짝 붙인 후 버튼을 눌렀다. 띵, 하고 시작 소리와 함께 커피가 추출되는 소리가 들렸다. 그러는 동안 쇼핑백에서 핸드크림을 꺼내 발랐다. 피스타치오 향이 퍼졌다. 러쉬 핸디 구루구. 그 크림은 첫사랑 수지가 좋아했던 핸드크림이었다. 수지는 언제나 준수의 손을 잡기 전에 핸드크림을 덜어 준수의 튼 손에 발라줬다. 핸드크림만 발랐을 뿐인데 지금 꼭 수지가 옆에 있는 것 같았다. 준수는 갓 내린 에스프레소 한 입을 머금으며 생각했다. 그녀가 잘 지냈으면 좋겠다고. 좋은 추억을 남겨줘서 고맙다고. 정말이지 피스타치오 향이 나는 밤이었다.

― *― * ― *

나는 영화과 인스타그램을 샅샅이 살펴보았다. 대부분의 시놉시스가 부정적인 결말로 되어 있어서 조금은 안심했다. 에이, 우리만 그런 게 아니잖아. 나는 수지에게 좋은 추억거리를 만들었다며 좋게 넘기자고 말했다.

그러나 그 시놉시스는 미래를 꿰뚫는 예언의 일부였을까. 우리는 정확히 석 달 후 사소한 다툼으로 시작하다가 큰 싸움으로 번져 결국 헤어졌다. 나는 졸업 후 곧장 독일 유학길에 올랐고 수지 소식은 영영 들을 수 없었다.

꽤 긴 시간이 흘렀을 무렵이었다. 수업을 마치고 땅만 보며 터덜터덜 집으로 가는데 어디선가 익숙한 향기가 코끝을 스쳐 지나갔다. 고개를 들어 보니 학교 근처에 러쉬 매장이 새롭게 오픈한 모양이었다. 오픈 기념으로 점원들이 매장 앞에 큰 대야를 놓고 입욕제를 푸는 시연을 하고 있었다. 사람들이 모여 구경하고 있는 틈을 타서 나는 매장 안으로 들어갔다. 도움이 필요하냐는 친절한 점원의 말에 나도 모르게 핸디 구루구라고 답했다. 내가 러쉬에서 아는 제품은 핸디 구루구 뿐이었기 때문에 다른 선택지는 없었다. 점원은 나를 바디크림들이 놓인 칸으로 데려가더니 작은 까만 통 하나를 내게 주었다. 고맙다고 인사하고 뒤돌아서는데, 한국말로 누군가 내게 물었다.

"어, 준수 씨 아니세요?"

모르는 남자였다. 그 남자를 한참을 빤히 쳐다봤으나 도무지 기억나지 않았다. 지난달에 만났던 한인회 사람들 중에 한 사람인가 싶었지만 정확하지 않았다. 안녕하세요, 하고 얼버무리며 가려고 했는데 그 남자는 또 내게 물었다.

"여전히 핸디 구루구 쓰시나봐요. 저도 핸디 구루구 사러 왔는데."

여전히, 라는 단어가 내 신경을 거슬리게 했다. 나는 핸디 구루구를 처음 사러 온 사람이었다. 우선 한인회 사람은 아니라는 확신이 들었다. 계산하는 내내 저 남자를 기억해 내려고 무진장 애썼지만 실패하고 말았다. 하는 수 없이 매장 앞에서 그가 나오길 기다렸다가 당신이 기억나지 않는다고 말했다. 그 남자는 내 얘기를 듣더니 호탕하게 웃더니 말했다.

"아, 기억 안 나실 수 있죠. 저 영화과 다녔던 학생인데…… 몇 년 전에 사진 찍어드렸잖아요. 인스타그램." 순간 핸디 구루구에 대해서 물었던 그때 그 남학생의 얼굴이 떠올랐다.

"맞다. 기억났어요. 그런데 제 이름도 정확히 기억하시네요."

"그럼요. 제가 눈썰미가 좋거든요. 한 번 사진 찍었던 사람들은 이름도, 그날의 나누었던 이야기도 모두 기억하는 편이에요. 그럼 베를린에는 여행하러 오셨어요?"

"아니요. 전 여기서 공부해요."

"그러시구나. 저는 영화제 때문에 왔어요. 저희가 만든 영화가 베를린 영화제 파노라마 섹션에 초청됐거든요. 그러고 보니 그 때 사진 찍었던 저희 셋 모두 다 왔네요. 이번 영화는 제가 감독했고, 그 친구들은 스태프로 참여했고요"

"그사이 다들 엄청 유명해지셨네요. 한국을 빛낸 위인들처럼요."

"그 정도는 아니에요. 참, 내일 시간 되시면 저희 영화 보러 오실래요? 내일이 첫 상영일이라 저희 모두 다 참석하거든요."

남자는 가방에서 베를린 영화제 책자를 꺼내더니 중간부분을 펼쳐 파노라마 섹션을 가리켰다.

"저녁 6시면 시간 괜찮을 것 같아요. 갈게요." 나는 책자에서 시간을 얼른 확인하고 말했다.

"그럼 내일 뵐게요." 그 남자는 그렇게 말하더니 총총 사라졌다.

  집에 가는 길에 버스 정류장에 앉아 이 모든 게 꿈이거나 영화일지도 모른다는 생각을 했다. 정류장 의자 모서리에 각질이 일어난 손끝을 쓱쓱 문지르며 멍하니 그대로 있었다. 까칠하게 각질이 일어난 손을 만지다가 핸디 구루구를 꺼내 발랐다. 참, 영화과 인스타그램이 있었지. 불현듯 든 생각에 핸드폰을 꺼내 영화과 인스타그램을 찾았다. 핸드폰 화면은 핸드크림이 묻은 손 때문에 순식간에 뿌옇게 되었다. 인스타의 스크롤을 한참 내리니 나와 수지의 이야기는 여전히 게시되어있었다. 긴장이 탁 풀렸다. 오늘의 이야기는 꿈도, 영화도 아니었다. 그저 우연이 만든 현실일 뿐이었다. 나는 심호흡을 크게 한 번 하고 그곳에 쓰여 있던 시놉시스 마지막 줄을 다시 읽었다.

  정말이지 피스치오 향이 나는 밤이었다.

❏ 작가의 말

 내게 이야기는 비누였다. 늘 존재하면서 존재하지 않는 것이었다. 적어도 나에게는.

 그러니 녹아버리기 전에 얼른 글을 써야겠다. 그런 다짐이 무색하지 않게 오늘도 이야기를 꺼낸다. 이 강과 저 강 사이를 가로지르는 어떤 이야기들. '안녕'이라는 말을 하는 너의 입 모양을 떠올리며.

 이 이야기들이 나오기까지는 꼬박 스무 계절이 걸렸다. 결정적이었으나 고개를 돌리면 문득 사라진 풍경들,

불면의 밤을 이루던 물결들, 상실의 세계에서 허우적대던 나날들. 양지바른 곳에 글을 심고 언젠가 꽃이 되리라, 믿고 또 믿었던 순간들.

잊지 않았다. 그 눈부신 감각들을.

그렇게 내가 지나온 수많은 강들을 떠올린다. 바다까지 가기에는 용기가 없었던 시절이었다. 내 이야기를 넋 놓고 들어준 도나우강, 인강, 일츠강, 슈프레강, 아제호수, 그리고 한강에 감사한다. 그곳에서 늘 해가 지는 장면을 바라봤다. 그것은 뜨겁게 타오르다가 문득 나와 함께 강물 사이로 녹아내렸다. 그로 인해 나는 물살을 가르며 살아가는 방법을 혼자 터득했다. 한없이 천천히 계속해서.

그러므로 강물은 이야기였고, 이야기는 곧 나였다.

이야기는 여전히 이어질 것이다. 누군가에게는 사사로울지 몰라도 나는 멈추지 않을 것이며 전력 질주할 것이다,

그런 혼잣말을 계속 되뇌면서. 비록 멈춰서고 넘어지는 한이 있더라도 그 힘 자체는 소실되지 않음을 그리하여 나의 감각은 증명되리라, 그렇게 믿으면서.

  이 이야기는 영원히 사라지지 않을 것이다. 손을 뻗어 닿을 수 없는 곳에도 이야기는 살아 숨 쉬고 있다. 다음 페이지를 쓸 수 있는 동력을 만들어내며 너는 여전히 그 자리에 있다.

  마지막으로 지금 이 글을 읽고 있는 당신께.
  나의 이야기 세계에 기꺼이 동참해 주셔서 감사하다.
  다음은 당신의 이야기를 쓰려한다.
  이 모든 건 당신 덕분이니까.
  용기를 내고 싶다.

2024, 여름

조은정

| 수록 작품 발표 지면 |

미나의 시간 …… 『프라하 러브레터』 2022년

같이 음악 들어주는 사람 …… 문예지 『베개 4호』 2019년

핑크색 양말 …… 문예지 『베개 7호』 2022년

바다 Ⅱ …… 문예지 『베개 8호』 2024년

미나의 시간

초판 1쇄 인쇄 2024년 8월 12일
초판 1쇄 발행 2024년 8월 12일

지은이 | 조은정
펴낸곳 | 문학애호가
등록 | 제 2024-000122호
전자우편 | munhakaehoga@gmail.com
ISBN | 979-11-98847881 03810

ⓒ 조은정 2024

* 이 책의 판권은 지은이와 문학애호가에 있습니다.
* 이 책 내용의 전부 또는 일부를 재사용하려면
반드시 양측의 서면 동의를 받아야 합니다.